Edition **WILDERERMUSEUM**

Andreas Ziebell

Schüsse am Rennsteig II

Forstwart Birnstiel

Dokumentarische Erzählung
zum tragischen Tod des Rennsteigerforschers
Forstwart Eduard Birnstiel aus Brennersgrün
durch die Hand eines Kindes
im Jahre 1894

Edition
WILDERERMUSEUM

Jesuborn
2012

Satz und Titel:

Wilderermuseum
Mediendienstleistungen und -verlag Andreas Ziebell

Druck und Gesamtherstellung:

Bergemann Druck GmbH Königsee/Thür.

ISBN 978-3-943630-01-5

Vertrieb:

Andreas Ziebell
August-Bebel-Straße 9
D- 98708 Gehren-Jesuborn
E-Mail: verlag@wilderermuseum.de
Internet: wwww.wilderermuseum.de

Bis dahin

Haben wir im ersten Teil der Schüsse am Rennsteig von der wilden nächtlichen Schlacht der Schmiedefelder Wilddiebe mit den Schwarzburger Förstern und Gendarmen gelesen, so wird diese Geschichte etwas weniger rasant, dafür nicht minder spannend sein, und in zweierlei Hinsicht tragisch ausgehen. Es sind nun nicht so viele Schüsse, die am östlichen Ende des Rennsteigs fallen. Nur zwei. Im Mittelpunkt der Erzählung stehen umfangreiche Ermittlungen mit einer Menge an Fakten, zahlreiche Zeugen und mehr oder weniger eifrigen Beamten. Doch zunächst dürfen wir kurz eine besondere Persönlichkeit kennenlernen, Forstwart Eduard Birnstiel aus Brennersgrün.

An dieser Stelle möchte ich mich für die Hilfe und Geduld der Mitarbeiter im Thüringer Staatsarchiv Rudolstadt bei meiner langen Aktenrecherche bedanken. So gehen auch besonderer Dank an Frau Gudrun Daum aus Brennersgrün, Frau Christiane Dora und Fleischermeister Hugo Munzer aus Lehesten, dem Thüringer Landeswegewart Lutz Hähner aus Holzhausen und an Frau Ina Schrewe aus Ilmenau für ihre fachliche und sachliche Beurteilung, Unterstützung bei der erweiterten Recherche und dem Lektorat.

In diesem Buch gibt es dann zur Erhaltung der Spannung erstmals ein Nachwort von mir. Bis dahin lesen Sie zuerst die ganze Geschichte.

Andreas Ziebell, Jesuborn 2012

Die Rennsteigsucher

Hier ist kein **R** und kein Pfeil zu finden.‘ Johannes Bühring ist erregt, schaut sich nach allen Seiten um und grübelt: ‚Hinter mir liegt Brennersgrün. Dort ist die Straße nach Tschirn. Der Rennsteig müsste doch hier südlich des kleinen Ortes im Rund der Waldkante um Brennersgrün herum annähernd Richtung Nordwest dort drüben in den Wald hinein führen?‘ Bühring schaut gebannt auf seine Bussole*. Er schüttelt den Kopf. So oft er sich auch umsieht, er kann keine Wegzeichen und keine Grenzsteine mehr finden. Vom Waldrand geht er zur Straße. Dann geht er auf und ab, um dort nach Zeichen zu suchen. Zuletzt versucht er weglos durch das Farngestrüpp des Waldes den rechten Weg zu finden. ‚Hier mag es sein!‘ denkt er sich. ‚Das hier ist der Grenzweg. Das muss wieder der Lauf des rechten Rennsteigweges sein.‘ Er wendet sich nun ostwärts, die tiefstehende Abendsonne im Rücken. Noch überlegt er kurz, wo und wie er wohl die Nacht verbringen kann.

„Hoh!“ schallt es plötzlich laut durch den Wald. Wie vom Blitz getroffen, schreckt Bühring zusammen. Was war das? Er dreht sich um und erblickt am Rande einer mannshohen Fichtenschonung einen Forstmann; ein großgewachsener, blonder Mann. „Wohin des Weges?“ Der Förster tritt aus der Schonung auf den Weg und kommt näher. „Ein wackerer Wandersmann! Hier! Er ist wohl auf der Suche nach dem Rennsteig?“ Bühring atmet tief durch. Langsam senkt sich sein ängstlich nach hinten geworfener Kopf. Nur kurz mustert er den wesentlich größeren und kräftigeren Förster. Sichtlich erleichtert bricht ein Wortschwall aus ihm heraus: „Hui! War ich erschrocken. So unerwartet von hinten her angerufen zu werden, da stockt mir doch glatt der Atem. Den Rennsteig suche ich. Natürlich! Der Förster weiß hier sicherlich den rechten Weg, oder nicht? Haben Sie mich eben erschreckt.

Da bleibt einem ja das Herz stehen, wenn so ein großer Kerl und so unvermittelt zwischen den Bäumchen auftaucht." Bühring schnauft erneut. Der Förster lacht: „Ha, so ist es recht. Aber den Rennsteig, den finden Sie dort drüben. Kommen Sie mit zur Hohen Tanne und dem Dreiwappenstein. Von dort sind es kaum einhundert Schritte bis zum Rennsteigweg, den Sie wohl suchen."

Beide stehen sich freundlich lächelnd gegenüber. Genauso wie ihr plötzliches Zusammentreffen Bühring erregte, so ruhig und gelassen zeigt er sich jetzt. „Wer ist denn der stolze Wandersmann, wo will er hin, wo kommt er her?" fragt der Förster. - „Oh, darf ich mich vorstellen? Bühring. Johannes Bühring aus Arnstadt. Ich erwandere den Thüringer Wald und erkunde seine Wanderwege." - „Also ist er ein Rennsteigsucher?" - „In der Tat, so ist es." - „Schauen Sie, das ist der Dreiwappenstein. Das ist so ein Stein, der zeigt, dass hier die Hoheitsgebiete dreier Herren angrenzen. Da vorn sind wir auf dem Rennsteig." - „Sehen Sie, diesen Stein und diesen Abzweig habe ich wohl verfehlt. Ich finde aber auch hier kein **R**." - „Der Weg hinüber nach Grumbach ist tatsächlich noch nicht markiert. Ich habe den Weg erkundet und habe vorläufig ein paar stille Zeichen angebracht. Das sind nur kleine Kerben in der Baumrinde. Hier, sehen Sie." Der Förster weist auf einen kleinen, bereits etwas verharzten Schnitt in einer Fichte und erklärt weiter: „Der Weg wechselt hier mehrfach über die bayerisch-fränkische Grenze nach Reuß und dem Meiningen'schen Gebiet. Aber, wo soll es denn heute noch hingehen?" Als Bühring zu verstehen gibt, dass er sich wegen seiner heutigen nächtlichen Bleibe noch unschlüssig sei, schlägt der Förster vor: „Dann gehen Sie doch mit mir hinüber nach Brennersgrün. Es ist doch gar nicht weit. Aber überhaupt, ich habe mich selbst Ihnen noch gar nicht vorgestellt. Ich bin Eduard Birnstiel. Ich bin Herzoglicher Forstwart in Brennersgrün. Kommen Sie mit. So eine angenehme Begleitung findet sich nicht alle Tage."

Mit einem kurzen Nicken willigt Bühring ein. Er ist froh, nun die Entscheidung über seinen Weiterweg und seine Bleibe für die heutige Nacht so schnell abgenommen zu bekommen.

Die beiden brauchen nur knapp eine Viertelstunde, bis sie Brennersgrün erreichen. Jetzt erkennt Bühring auch, dass er den Verlauf des Rennsteigs nur knapp verfehlt hat. Die ersten Häuschen Brennersgrüns sind alle mit einer ‚Maien', frischen Birkenstämmchen, geschmückt. Heute ist schließlich Pfingstsonntag, der 13. Mai 1894.

Forstwart Birnstiel hält im zügigen Gang durch den Ort inne. „Schauen Sie! Hier ist der Gasthof ‚Zum grünen Wald'. Hier kommen Sie sicher gut unter, und ein gutes Abendessen gibt es gewiss. Wenn Sie erlauben, so komme ich heut' Abend für einige Zeit zu Ihnen herüber in den ‚grünen Wald'. Wir haben bestimmt noch eine Menge zu erzählen." Bühring winkt dem Förster kurz zu und wendet sich dem Gasthof zu, während Birnstiel weiter zu seinem Forsthaus geht.

Es mag gerade eine Stunde her sein, dass sich die beiden Rennsteigsucher vor dem Gasthof trennten. Die Sonne ist gerade prächtig hinter dem Wetzstein verschwunden. „War das Wetter heute nicht herrlich? Den ganzen Tag schien die Sonne. Dabei war es aber nicht so heiß. Vor acht Tagen, denken Sie nur, das war Anfang Mai, gab es hier oben den letzten Schnee und dazu noch Eis." Mit diesen Worten betritt Forstwart Birnstiel den Gastraum und setzt sich zu Bühring an den Tisch. Birnstiel möchte wissen, was Bühring bewogen hat, nach Brennersgrün und zum Rennsteig zu kommen. Johannes Bühring erzählt: „Nun, ich bin auf Rennsteigfahrt. Ich habe die Absicht, den Rennsteig, so wie in August Trinius Fahrtbericht und so wie Roßner den Rennsteig beschrieben hat, zusammenhängend zu erwandern. Wie ich schon sagte, erkunde und erforsche ich den Thüringer Wald und seine Wege und Stege. Ich bin lebhaft interessiert und möchte helfen, die letzten Rätsel und Fragen bezüglich des Rennsteigs zu lösen. Ich bin Gymnasialoberlehrer in Arnstadt." - „Ah, ein Lehrer!" unterbricht Birnstiel. - „Ja, so ist es. Ich bin Doktor der Philosophie. Ich stamme aber aus dem Rheinland. Mein Kollege Hertel aus Greiz und ich arbeiten bereits an einem Rennsteigführer und wollen diesen bald herausgeben." Birnstiel unterbricht erneut: „Sagten Sie eben ‚Hertel'? Meinen Sie Ludwig Hertel aus Greiz, Doktor wie Sie?" - „Ja, aber ..." - „Mit Doktor Hertel habe ich im vergangenem Jahr gemeinsam den Rennsteig von hier nach Ziegelhütte hinüber erkundet und markiert. Ludwig Hertel sagten Sie?" - „Ja, aber ..." - „Es war genau zu Pfingsten letzten Jahres. Ludwig Hertel kam zu mir nach Brennersgrün. Er war genau wie Sie heute auf seiner, allerdings schon zweiten, Rennsteigfahrt. Er sagte: ‚Wallfahrt zu den Mareiles*'.

Gemeinsam haben wir den Verlauf und den überwachsenen Pfad des Rennsteiges gesucht. Bis hinüber nach Ziegelhütte haben wir das Reißig und Gestrüpp aus dem Weg geräumt, kleine Buchen und Fichten heraus gehauen und schöne große **R** angemalt, um die Strecke kenntlich zu machen." Nun unterbricht Bühring endlich: „Ja natürlich! Dann sind Sie der Forstmann, den mir Ludwig Hertel beschrieben hat. Er war vor einem Jahr hier mit dem Ziel unterwegs, den arg vernachlässigten Ostteil des alten Pfades den Wanderern durch eine zutreffende Bezeichnung wieder nahe zu bringen. Der Rennsteig findet heute ein lebhaftes Interesse. Und das Interesse wird immer größer, was sehr erfreulich ist. Auch wenn noch nicht alle aufgeworfenen Fragen geklärt werden konnten. Das betrifft doch auch den strittigen Rennsteigverlauf vor und hinter Brennersgrün, nicht wahr? Hertel stammt doch aus hiesiger Gegend, nicht wahr? Gräfenthal, wenn ich nicht irre. Er hat mir bereits von Ihnen berichtet. Er sagte, dass er sich keinen tüchtigeren Helfer denken konnte, der vom warmen Gefühl für die Schönheit der Natur beseelt dazu noch wald- und wegekundig sei." Forstwart Birnstiel lächelt. „Ich wusste bisher doch gar nicht, dass ich auf Hertel so einen tiefen Eindruck hinterlassen habe. Ich bin gerührt, so eine Achtung zu erfahren. Sehen Sie, ich bin im Jahre 1891 von Sonneberg hier herauf auf die Forstwartstelle versetzt worden. Ich wohne und arbeite jetzt im vierten Jahr in Brennersgrün. Die Beschäftigung mit dem Rennsteig war mir seither eine echte Lebensfrage. Wissen Sie, Brennersgrün liegt sehr abgelegen. Im Winter, wenn wir tage-, oft wochenlang eingeschneit sind, ist es sehr still hier. Da kommt einem so ein echter und erfahrener Wandersmann wie Sie gerade recht. Abwechslungen und neue Bekanntschaften sind rar geworden, seit ich hier lebe. ... Och, es ist fast Mitternacht geworden. Es wird Zeit." - „Aber wollen wir nicht Du zueinander sagen? Ja? Ich bin Johannes." - „Eduard, zum Wohl." Birnstiel hebt das Glas und sie prosten sich zu. „Jetzt kann ich Dich fragen, Hannes. Welcher Jahrgang bist Du?" - „Ich bin Jahrgang 1858, September 1858." Birnstiel unterbricht rasch: „Ich ahnte es doch gleich. Wir sind ein Jahrgang! Ich bin im März 1858 geboren." Bühring wirkt unruhig. „Ich gehe morgen auf dem Rennsteig weiter. Vielleicht zeigst Du mir den Weg und wir gehen ein Stück gemeinsam." Birnstiel überlegt nicht lange. „Aber gewiss doch. Den Weg, den ich letztes Jahr mit Hertel erkundet habe, den zeige ich Dir morgen. Wie wir nun festgestellt haben, sind wir gleichen Mutes, gleichen Sinnes und gleichen Alters. Wann soll es losgehen? Sieben Uhr, oder acht?" - „Wenn Du zu mir zum Gasthof kommst, geht es los. Aber nicht vor acht Uhr, bitte."

Das Wetter am Pfingstmontag zeigt sich genau so prächtig, wie am Tag zuvor. Als Birnstiel die Nebenstraße überquert, wartet Bühring bereits vor dem Gasthof auf ihn. Er strahlt. „Ist das nicht herrlich heute Morgen? So habe ich mir meine Rennsteigfahrt immer vorgestellt. Das wird noch schöner, wenn man dazu noch seine Wanderlust mit Einem wie Dir teilen darf, Eduard." Beide schreiten auf der Haupstraße durch das kleine Dörfchen.

Die Sonne haben sie jetzt im Rücken, und vor ihnen erhebt sich der Bergrücken des Wetzsteins. Hinter dem letzten Häuschen Brennersgrüns tauchen sie nach wenigen Schritten schon in das Dämmerlicht des Waldes. Der Pfad ist zwar frei zu begehen, aber er wechselt mehrfach die Richtung und ist nicht immer eindeutig. Doch die frischen **R** vom letzten Jahr weisen den beiden sicher den Weg zu einer Jagdhütte.

Es ist Zeit für eine kurze Rast. Birnstiel erklärt: „Hertel und ich haben letztes Jahr den Wegeverlauf in diesem Gebiet nach dem Turm auf dem Wetzstein ausgerichtet." - „Was ist dort für ein Turm?" will Bühring wissen. „Es ist ein trigonometrischer Signalturm, er dient der Vermessung. Aber er ist jetzt fast genauso morsch geworden, wie einst sein Vorgänger. Der erste Turm, den die bayerischen Ingenieure in den 50er Jahren errichteten, ist nach kaum 20jährigem Bestehen den Stürmen in der Höhe zum Opfer gefallen. 1885 hat zum Zwecke der Landaufnahme die topografische Abteilung des Preußischen Generalstabes dann den bestehenden Turm errichtet. Aber der Rennsteig führt dort nicht vorbei." - „Es ist aber ein interessanter Ort, dieser Wetzstein. Es ist hier in der Gegend wohl die höchste Erhebung."

Birnstiel wirft rasch ein: „Ja, der ist fast 800 Meter über Null." Bühring fährt fort: „Ich wäre auf diesen Wetzstein sehr gespannt. Aber heute wird die Zeit nicht reichen, oder?" Birnstiel zuckt mit der Schulter. „Das hängt gewiss davon ab, wie weit Du heute wandern willst." - „Na ich dachte, dass wir bis zur Försterei Waldhaus Weidmannsheil gehen. Dort hat Doktor Hertel im Oktober 1892 im Fremdenbuch einen Aufruf zur Bildung eines Rennsteigvereines hinterlassen. Hast Du davon etwa noch nichts gehört?" - „Doch, doch. Hertel erwähnte es letztes Jahr. Ich war aber noch nicht drüben im Waldhaus. Ich werde den Aufruf sicherlich noch lesen. Doch den heutigen Abend möchte ich meiner Familie widmen. Ich werde nur bis Ziegelhütte mit Dir kommen. Der schönste Rennsteigabschnitt kommt doch jetzt erst." - „ So,

Aufruf!

Der Unterzeichnete wendet sich hiermit an gleichgesinnte Rennsteigfahrer mit dem Vorschlag bez. Ersuchen, einen

Rennsteigverein

zu bilden.

Zweck der V. ist völligere Erschließung des Rennsteigs durch Kenntlichmachung des ganzen Weges; Aufforderungen in diesem Sinne an benachbarte Touristenvereine in Thüringen u. Franken;

Anlegung eines goldenen Rennsteigbuches zur Eintragung von (litterar. Beiträgen über Verlauf der Bergpfade, empfehlenswerte Gastwirtschaften, Sammlung aller auf den R. bezügl. Schriftwerke, Bilder u. s. w.

Ord. **Mitglied** kann nur ein echter Renner werden, der die Absicht hat, den Weg in seiner ganzen Ausdehnung von Werra bis Saale in ~~un~~ zusammenhängender Fahrt ~~abgerannt~~ zu rennen hat.

Beiträge: jährl. mindestens 1 Mk., oder einmaligen Beitr. v. mind. 5 Mk.

Beschlüsse über Verwendung werden durch Rundschreiben gefaßt.

Der Verein gilt als gebildet, sofern ein Vereinsvermögen von 50 Mk. angesammelt ist.

Über Vermögensstand hat der zu wählende Vorstand alljährlich einen Rechenschaftsbericht an die Stammburg des Vereins,

Försterei Waldhaus

zur Kenntnisnahme der Genossen einzusenden.

Freunde des im obigen ausgeführten Gedankens, der auch der Abänderung fähig ist, bitte ich, sich mit mir ins Einvernehmen zu setzen.

Waldhaus, 3. Okt. 1892.

Dr. Ludw. Hertel
Gymnasiallehrer

das ist aber schade. Vielleicht überlegst Du Dir es aber noch? Jetzt bin ich aber gespannt."

Im Gespräch vertieft, hatten sie rasch einen prächtigen Grenzstein erreicht. Birnstiel erklärt seinem Freund: „Das hier ist der Landesgrenzstein 656. Das ist nach Hertels Auskunft der älteste und zugleich auch der schönste Wappenstein des Rennsteiges. Hier siehe den Wappen-Löwen und die Inschrift auf der fränkischen Seite, die beschreibt nach Hertel den Fürstbischoff zu Bamberg Georg III. 1513 ist das Jahr der Steinsetzung.

damals Stein 656, heute der **Kurfürstenstein** am Schönwappenweg

Hier auf der sächsischen Seite kann man ‚151' lesen. Die letzte Ziffer fehlt. Hier steht ‚fridri' und weiter ‚churfürst'. Das bezieht sich auf den großen Kurfürsten von Sachsen, Friedrich der Weise. Er ist 1525 gestorben. Ich habe darüber gelesen und geforscht."

Johannes Bühring beugt sich über den kantigen Stein. Er wischt mit der Hand über die eingehauenen bemoosten Schriftzeichen. Er kniet sich nun neben den Stein und versucht mit den Fingern den Moos- und Flechtenbewuchs zu entfernen. Je weiter er arbeitet, umso mehr Zeichen werden sichtbar. Er reibt nun mit dem Handballen über den Stein. Birnstiel staunt. Bühring richtet sich auf und versucht mit zugekniffenen Augen die freigelegte Zeichenfolge zu enträtseln. Er lacht kurz. „Ha! Aber hast Du schon weiter gelesen? Hier ‚vn hans gbrude herezoche zv sacssen' Das bezieht sich auf den Bruder Hans, also Johannes, so wie ich auch heiße. Er war der Nachfolger Friedrichs nach dessen Tode. Das bezieht sich auf Johann den Beständigen. Der hat, so glaube ich, bis 1532 regiert. Da hast Du Recht. Das ist wirklich ein prächtiger und interessanter Grenzstein. Dieser Weg hier, das ist wie eine steinerne Chronik des Rennsteigs. Und dieser Stein ist der wahrhaftige Höhepunkt. Der Stein zweier Kurfürsten, wenn man so sagen darf." Bühring ist außer sich vor Freude über die gelungene Entschlüsselung des Grenzsteines.

Auf ihrem weiteren Weg zeigt ihm Birnstiel noch mehrere schöne wappengeschmückte Grenzsteine. Bühring kann es kaum fassen. „Das ist der Weg der schönen Wappen."

Ganz euphorisch über ihre Erlebnisse und Enddeckungen erreichen sie Ziegelhütte. Am Waldrand lassen sie sich noch einmal im Gras nieder. Bühring eifert: „Der Tag ist noch so jung und so voller Eindrücke. Ich kann es kaum fassen. Welch ein Glück, dass wir uns gestern so überraschend begegneten. Teurer Freund, ich würde mich freuen, Dich schon bald als Unterzeichner von Hertels Aufruf im Fremdenbuch dort drüben im Waldhaus Weidmannsheil zu begrüßen. Wie sehen denn Deine Pläne für die Zukunft aus?"

Birnstiel ist etwas verlegen über die Lobpreisungen Johannes Bührings. Er blinzelt in die Sonne und schaut ins weite Land. „Ich werde im Winter meine Aufzeichnungen über den Rennsteig meiner guten Frau vorlesen. Den Sommer und Herbst werde ich der Vervollständigung meiner Aufzeichnungen und der Bezeichnung des Rennsteigs widmen. Ich darf dabei nicht etwa meine eigentliche Profession vergessen. Ich habe dieses vormals vernachlässigte Waldrevier erst kurze Zeit. Hier waren Zustände anzutreffen, an deren Beseitigung ich noch viele Jahre zu tun habe. Aber hast Du denn auf unserm Weg hier herüber nicht die prächtig blühenden Bergwiesen und Felder gesehen? Ackerbau ist in unserer Gegend wegen des Schiefergrundes von wenig Erfolg gekrönt. Aber der Waldbau wird sich auf lange Sicht sicher als lohnenswert erweisen. In der nächsten Woche ist bei der Oberförsterei in Lehesten Holzauktion, und wir werden daraus die erste Abgeltung erhalten, so hoffe ich.

Bühring lauscht, als Birnstiel fortsetzt. „Ich habe auch eine größere Familie. Das älteste meiner fünf Kinder ist schon zehn. Der Bube ist schon ein echtes Waldkind. Denke nur, kürzlich hat er über drei Stunden allein durch den Wald gefunden. Ich war so überrascht. ... Aber, es ist fast elf Uhr. Ich muss jetzt zurück nach Brennersgrün. Die Familie wartet." Bühring wirft schnell noch ein: „Eduard, wie denkst Du über eine gemeinsame Wetzsteintour im Herbst? Ich komme wieder, und dann werden wir heute Versäumtes nachholen." - „Gewiss!"

Mit diesen Worten stehen beide vom Waldboden auf und schütteln sich zum Abschied kräftig die Hände. Eduard Birnstiel ruft seinem Freund noch von weitem zu: „Bis zum Herbst! Auf Wiedersehen am Rennsteig!"

Seit diesem letzte Gruß sind gerade zwei Wochen vergangen. In Arnstadt betritt Dr. phil. Johannes Bühring das Redaktionszimmer des „Arnstädtischen Nachrichts- und Intelligenzblattes". „Herr Redakteur, ich habe hier eine Veröffentlichung. Es betrifft einen Nachruf auf einen guten Freund." Wortlos übernimmt der Redakteur den handgeschriebenen Bogen und liest:

Forstwart Birnstiel und der Rennsteig

Mit dem am 23. dss. zur Ruhe bestatteten Forstwart Birnstiel von Brennersgrün ist einer der treuesten Helfer und Freunde aller Rennsteigwanderer dahingegangen.

Als Dr. Hertel aus Greiz sich vor einigen Jahren an die schwere Aufgabe machte, den Wanderern in dem arg vernachlässigten Osttheil des alten Kriegspfades die Wege durch eine vortreffliche Bezeichnung zu bahnen, konnte er sich keinen getreueren Gehilfen für die Umgegend von Brennersgrün wünschen als gerade den wackeren, vor wenigen Tagen meuchlings hingemordeten Forstwart Birnstiel. Unverdrossen suchte er mit nach der wahren Spur des Rennsteigs, die gerade hier nicht unerheblich von der landläufigen Annahme abweicht, thatkräftig griff er ein, um den mit Birken und Fichten überwachsenen Pfad aufzuräumen und ihn dann durch schöne große weiße **R**, *sogenannten Mareiles, kenntlich zu machen.*

Wieder und wieder studierte er die alten Grenzsteine, die trotz aller bisherigen Forscher noch manches ungelöste Rätsel boten, und noch vor wenigen Tagen theilte er dem Schreiber dieses mit freudigem Stolze mit, daß er auf dem ältesten dieser Grenzsoldaten vom Jahre 1513, den Namen Friedrichs des Weisen entziffert habe. Er freute sich auch nicht wenig, als bei weiterer Säuberung des Steines am 14. Mai d.J. noch der Name des Herzogs Hans (Johann) von Sachsen, des Bruders Friedrichs, zum Vorschein kam.

Der Redakteur hält inne. „Das kommt in der nächsten Ausgabe unserer Zeitung. Ganz gewiss. Ich denke, es ist auch in Ihrem Sinne, wenn ich die Schrift zur Veröffentlichung allen angeschlossenen Redaktionen in Thüringen zustelle, oder?“ Bühring überlegt nicht lange. „Ja, so ist es recht. Ich glaube, das hat Birnstiel verdient.“ Der Redakteur liest weiter:

Ein warmes Empfinden für die Schönheit der Natur vereinte sich bei ihm in dem Wunsche, sie anderen zugänglich zu machen. Und das Interesse für den Rennsteig war für ihn in seinem abgelegenen, oft wochenlang eingeschneiten Walddorfe eine Lebensfrage. Er gedachte an den langen Winterabenden die Erzählungen und Werke darüber dem treuen Weibe vorzulesen. Im Sommer und Herbst aber wollte er noch daran arbeiten, die letzten Unklarheiten und Zweifel zu beseitigen, welche die vorzügliche Bezeichnung noch hier und da übrig läßt. - Mit Stolz sprach er von dem vortrefflichen Stand seiner Wiesen und Felder und seinem zehnjährigen Jungen, der sich vor kurzem allein drei Stunden weit durch den Wald gefunden hatte.

Prof. Dr. phil.
Johannes Bühring
(nach einem Gemälde in der Stadtbibliothek Arnstadt)

Als wir und nach zweitägiger Bekanntschaft am 14. Mai Mittags auf der Ziegelhütte (Friedrichshöhe) bei Steinbach am Walde die Hände zum Abschied schüttelten und „Auf Wiedersehen im Herbst!“ zuriefen, dachte Niemand von uns daran, daß für des einen Seele die Wanderung auf dem himmlischen Rennweg, mit dem der irdische so gern verglichen wird, schon in wenigen Tagen bevorstand.

Du aber Rennsteigpilger, der Du auf geebneten Pfad fortan Deiner Straße ziehst, eile nicht an Brennersgrün vorüber, ohne ein frisches Waldreis auf das Grab eines Mannes niederzulegen, der getreu war bis zum Tod und den Du so viel verdankst.

Arnstadt, d. 25.Mai 1894.
Dr. Bühring

Am 12. August 1894 hält der Thüringerwald-Verein in Vogel's Garten in Erfurt seine jährliche Generalversammlung ab. 44 Delegierte repräsentieren 5221 Vereinsmitglieder aus ganz Thüringen und Mitteldeutschland. Das Programm der großen Versammlung ist recht umfangreich. Daneben sind eine ganze Reihe wichtiger Anträge zu verhandeln. Prof. Dr. phil. Ludwig Hertel ergreift das Wort: „Der Zweigverein Greiz, in dessen Namen ich hier spreche, stellt den Antrag: Die Generalversammlung wolle beschließen, zur einmaligen Unterstützung der Witwe des ermordeten Forstwarts Birnstiel aus Brennersgrün und ihrer fünf unmündigen Kinder einen Betrag von 70 Mark und zur Schmückung des Grabes den Betrag von 30 Mark zu bewilligen. Sie gestatten, so werde ich diesen Antrag begründen. Der Forstwart Birnstiel hat sich um die Kennzeichnung und Zugänglichmachung des südöstlichen Teiles des Rennsteiges unbestreitbare Verdienste erworben und den Dank des Vereins verdient. Es erscheint als Gebot der Billigkeit, den Hinterbliebenen des auf so grauenvolle Art ums Leben Gekommenen ein äußeres Zeichen der Dankbarkeit zu widmen."

Im Kreise der Delegierten zeigt sich Zustimmung. Trotzdem bittet Prof. Dr. phil. Johannes Bühring ums Wort. „Meine Herren! Ich unterstütze namens des Zweigvereins Schmalkalden diesen Antrag. Auf seiner letzten Zusammenkunft in Schmalkalden im Juli habe ich des von Wilddieben ermordeten Forstaufsehers Birnstiel in Brennersgrün gedacht. Ich richtete einen Appell an die Festteilnehmer, ein Scherflein für die Hinterbliebenen - Witwe und fünf unversorgte Kinder - zu spenden als Anerkennung für die Verdienste des Ermordeten. Die von zwei jungen Damen eingeleitete Sammlung hatte besten Erfolg. Es konnten der Witwe 134 Mark übersandt werden. Birnstiel hat mir am Pfingstmontag noch ein ‚Auf Wiedersehen am Rennsteig' zugerufen. Ich möchte ihnen in den Worten meines Nachrufes ans Herze legen: ‚Rennsteigpilger, eile nicht an Brennersgrün vorüber, ohne ein frisches Waldreis auf das Grab eines Mannes niederzulegen, dem du so viel verdankst!"

Aus der herzoglichen Schatulle Sachsen-Meiningens wurde der Witwe Birnstiel für sich und die minderjährigen Kinder eine jährliche Pension von 166 Mark und 67 Pfennigen zuerkannt. Neben den Zuwendungen des Thüringer-Wald-Vereins erhielt sie eine zusätzliche Summe von 100 Mark vom Verein zur Förderung der Interessen von Forst- und Jagdbeamten ‚Waldheil'. Schon bald musste Philippine Birnstiel, geb. Granner, mit ihren Kindern Brennersgrün verlassen und in ihr heimatliches Steinach zurückkehren.

Feldjäger Friedrich Eckstein

Der 20. Mai 1894, ein Sonntag, ist trübe und kühl. Die Sonne zeigt sich nicht. In der Nacht hatte es in der Flur einen späten Bodenfrost gegeben. Eine Woche zuvor herrschte noch das prächtigste Pfingstwetter. Feldjäger Friedrich Eckstein aus Lehesten (Herzogtum Sachsen-Meiningen) ist heute nicht im Dienst. Tags zuvor war er wegen der großen Holzauktion den lieben langen Tag in der heimatlichen Schieferstadt auf den Beinen. Jetzt kann er ganz gemütlich frühstücken und den freien Tag genießen. So denkt er.

Denn schon wird an der Haustür geklopft. Eckstein eilt zur Tür und öffnet langsam. Zaghaft schaut er durch den Türspalt und erkennt sofort den Flurdiener Hermann Conrad aus dem Nachbardorf Röttersdorf (Fürstentum Reuß jüngere Linie). Er spricht den Feldjäger sofort an: „Herr Eckstein, ich habe eine Meldung zu machen. Kommen Sie rasch! Ich habe drüben auf der Wiese am Rohrbach auf der Lehestener Seite einen Mann gefunden. Ich nehme an, der ist tot. Ich war heute Morgen auf einer Flurbegehung. Da habe ich ihn gefunden. Ich kenne den Mann aber nicht." - „Oh Gott! Warten Sie." antwortet Eckstein eilig, „Ich ziehe nur schnell die Uniform über. Ich komme sofort."

Wenig später eilen beide durch das noch morgendlich ruhig Städtchen. Eckstein fragt: „Wann haben Sie den Mann gefunden?" - „Es war gegen halb 7 Uhr." - „Und Sie meinen, er ist tot? Sind Sie sicher?" - „Er hat sich nicht gerührt. Er hat sich auch kalt angefühlt. Ich nehme an, dass er tot ist." - „Sie kennen den Mann also nicht?" - „Nein. Ich habe ihn nicht erkannt. Ich kenne ihn nicht. So genau habe ich ihn mir auch nicht angesehen. Ich habe ihn so liegen gelassen, wie ich ihn gefunden habe." - „Das ist gut so. Egal, ob es sich um einen Unfall oder um Selbstmord oder gar um ein Verbrechen handelt, ist es wichtig, schnell die frischen

Spuren zu finden. Nur solche Spuren sind oft überhaupt auch etwas wert. Nur so kann man am Ende der Sache sicher sein.“

Auf ihrem Weg durch Lehesten hatten die beiden in der Wachstube Schutzmann Matthes alarmiert. Nach schnellem Marsch erreichen die drei die Wiese im Rohrbachtal.

Die Wiese ist knapp 30 Meter breit. In der Mitte führt ein Wässerungsgraben des Rohrbachs direkt auf den Griesersbruch zu. Kurz vor einer Halde Schieferschutts versickert das Gewässer im Untergrund. Aus Richtung Röttersdorf gelangt man durch niedrigen Wald zur Wiese. Rechterhand ist der Wald schon höher; links ist er jung und dicht. Flurdiener Conrad zeigt auf den Fundort der Leiche eines Mannes, der sich nur wenige Meter neben dem Wässerungsgraben und rund zwanzig Schritte vom verlaufenden Waldessaum befindet.

Feldjäger Eckstein beugt sich über den Mann. „Oh Gott. Der ist wirklich tot. Das ist der Forstwart Birnstiel von Brennersgrün.“ Eckstein scheint erstarrt. Er betrachtet aber den Toten aufmerksam, ohne ihn anzufassen. Die Leiche liegt auf dem Rücken. Die Arme und Hände liegen weit ausgestreckt. Bekleidet ist sie mit einer braunen Jägerjacke, grauer Hose, wollenen Handschuhen und Stiefeln. Wenige Schritte entfernt in Richtung Waldrand liegt der Uniformhut des Försters. „Hier, sehen Sie. Hier links am Unterleib. Das ist ein Schuss. Der wurde aus nächster Nähe abgefeuert. Das ist die Einschussstelle auf der Joppe. Und sie ist hier im Umkreis von ungefähr 30 Zentimetern verbrannt.“

Eckstein richtet sich auf und geht um den Leichnam langsam herum. Rasch kniet er sich neben den Kopf Birnstiels. „Hier schauen Sie. Hier geht es weiter. Da auf der Stirn finden sich zwei Wunden. Eine drei Zentimeter lange Wunde von oben nach unten und an derselben Stelle eine zwei Zentimeter lange Wunde quer über die Stirn.“

Feldjäger Eckstein bittet den Schutzmann, mit ihm gemeinsam den Leichnam zu drehen. „Oh, hier auch. Sehen Sie. Am

Hinterkopf das sieht aus wie ein Schnitt mit einem scharfen Instrument, eine offene blutende Wunde, fünf bis sechs Zentimeter lang, querlaufend, unterhalb des Schädels in Höhe des ersten Halswirbels."

Langsam drehen Sie den Leichnam in seine ursprüngliche Lage zurück. Feldjäger Eckstein richtet sich erneut auf. „Nach der Art der zahlreichen Verletzungen und dem Zustand der Leiche und der Bekleidung kann man hier mit Sicherheit von einem Verbrechen ausgehen. Wir sollten uns die ganze Wiese und den Waldrand ansehen. Es muss weitere Spuren geben, und wir müssen diese alle auffinden."

Flurdiener Conrad meldet: „Hier sehen Sie, Herr Eckstein. Ein Eisenbolzen." Zwei drei Schritte oberhalb des Kopfes der Leiche hebt Conrad ein etwa sechs Zentimeter langes rundes Metallstück auf. Eckstein stellt fest: „Der Durchmesser beträgt wohl neun Millimeter. Das ist eine Art Ladestock." Vom Fußende des Leichnams meldet sich Matthes: „Da sind mehrere Papierpfropfen. Die müssten von dem einen oder mehreren Schüssen herrühren, oder?"

Eckstein macht sich in einem kleinen Heftchen Notizen. „Wir legen alles so zurück, wie wir es gefunden haben. Ich werde dem Amtsgericht telegrafieren. Es könnte leicht möglich sein, dass der Herr Untersuchungsrichter heute noch herauskommen und sich die Sache persönlich ansehen möchte. Aber schauen Sie doch weiter. Auf keinen Fall dürfen wir die in Frage kommende Schusswaffe oder das Instrument, mit dem die anderen Verletzungen beigebracht wurden, übersehen. Bitte dort ringsherum den Waldrand absuchen." Feldjäger Eckstein stellt sich etwas abseits auf und vervollständigt seine Notizen.

Da fällt sein Blick auf etwas Schwarzes im Gras. ‚Was ist das?' denkt er sich. Aus dem niedergetretenen spärlichen Gras hebt er ein schwarzes zerzaustes Band auf. „Das sieht so aus, als wäre es ein abgerissenes Hutband!" ruft er über die Wiese.

Vom Waldrand meldet sich Schutzmann Matthes: „Ich glaube, ich habe hier einen Kampfplatz gefunden. Kommen Sie, Herr Eckstein. … Sehen Sie."

Vor einer Meter hohen Böschung zum Waldrand hin verläuft ein derzeit trockener Wässerungsgraben. In dem Graben sind viele undeutliche Fußspuren. Alles ist zertreten. Eckstein schaut und schaut. Er geht den Graben zu beiden Seiten auf und ab. „Es schaut ganz danach aus, als hätten hier zwei oder drei Personen miteinander herumgebalgt. Hier, dieser Absatztritt, könnte nach Größe und Eisenbeschlag dem Stiefelabsatz des toten Försters Birnstiel entsprechen. Das werden wir uns noch genauer ansehen müssen."

Friedrich Eckstein holt aus seiner Kartentasche ein Stahlmaß und legt es in den Stiefelabdruck. Dann geht er wieder hinüber zur Leiche, betrachtet das Muster der Profilsohle und misst die Dimension des Stiefels nach. Er richtet sich auf. „Da bin ich mir sicher. Der Abdruck dort drüben ist vom Förster. Was mag sich hier abgespielt haben?" Eckstein blickt abwägend über die Wiese zum Waldrand hinüber und wieder zur Leiche. Er packt das Metallstück und den Papierpfropfen in seine Tasche. „Ich muss schnell alles melden. Ich gehe nach Lehesten zurück. Matthes, Sie bleiben hier und halten alle etwaigen Neugierigen fern."

Am Waldrand versammeln sich die ersten Schaulustigen aus dem nahen Röttersdorf. Eckstein schaut interessiert zu ihnen hinüber. Er ist sich sicher, dass einige der dort Anwesenden mehr von der Sache wissen müssen als er. Leise gibt er dem Schutzmann Anweisung: „Sehen Sie dort, Matthes? Versuchen Sie zu hören, was dort gesprochen wird. Sie kennen die Leute sicherlich, oder?" Schutzmann Matthes nickt leicht. Eckstein wendet sich ab und weist nun laut an: „Der Flurdiener bleibt zur Verstärkung hier. Ich muss nach dem Amtsgericht in Gräfenthal telegrafieren und dringend das Verbrechen anzeigen." Hastig verlässt Feldjäger Friedrich Eckstein den Tatort.

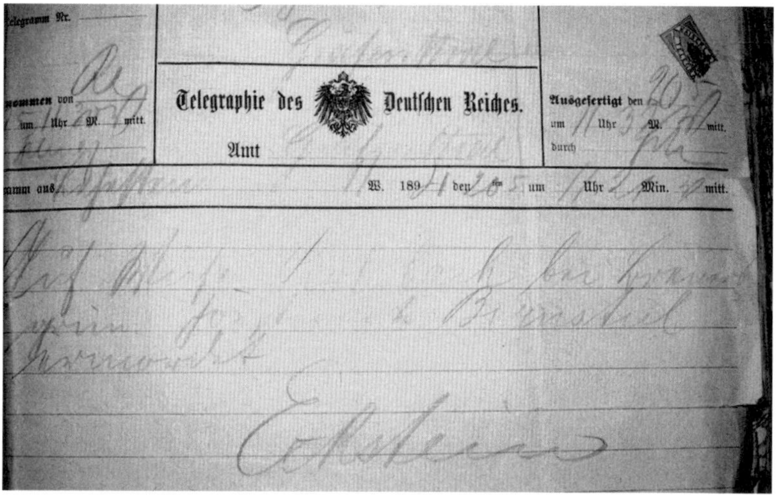

In Lehesten gibt Eckstein auf dem Postamt um 11.21 Uhr folgendes Telegramm auf:

Auf Wiese Rohrbach bei Brennersgrün
Forstwart Birnstiel ermordet Eckstein

Ohne eine Antwort abzuwarten, eilt Feldjäger Eckstein zum Forsthaus am Ortsende. Oberförster Hermann Johannes wirft sich seine Uniformjacke über, setzt seinen Hut auf, schultert das Jagdgewehr und folgt Eckstein wieder zurück zur öffentlichen Telegrafenstation. Es ist umgehend eine Antwort auf Ecksteins Telegramm eingetroffen. Der Untersuchungsrichter zeigt an, dass er an den Tatort zur Besichtigung kommen wird. Das wird noch dauern. In dieser Zeit will Feldjäger Eckstein weiter nach Brennersgrün gehen, um der Frau Birnstiel die traurige Meldung zu überbringen. Oberförster Johannes indes plant, weitere Verstärkung herbei zu holen, den Tatort zu inspizieren und sich von seinem toten Beamten dort zu verabschieden. Noch in der Stadt trennen sich die Wege der beiden.

Auf dem Weg durch Brennersgrün kommt Eckstein zum Wohnhaus von Schultheiß Magnus Brödel und meldet ihm das tragische Ereignis. Es ist bereits 11 Uhr. Gegenüber erkennt Feldjäger Eckstein Philippine Birnstiel auf dem Tritt vor dem Brennersgrüner Forsthaus. Die Frau schaut ihm besorgt und erregt entgegen. Augenblicklich hebt sie die Schultern und schluchzt in die Schürze. Das wird ein schwerer Gang. Eckstein ärgert sich, dass er vom Oberförster bei dieser Sache hier allein gelassen wurde. Frau Birnstiel hat offenbar schon aus der Entfernung an seinem Gesicht oder seinem Auftreten den Ernst der Lage erkannt. Dabei hat sich Eckstein doch bemüht, nicht sogleich durch einen kummervollen oder leidenden Blick die Todesnachricht vorwegzunehmen. Eckstein tritt näher. Philippine Birnstiel schluchzt ohne aufzusehen weiter. Mit einer Hand weist sie zur Tür hinein.

Eckstein bringt kein Wort über seine Lippen. Frau Birnstiel scheint etwas die Fassung zurück zu gewinnen. „Die Kinder sind alle oben in der Kammer. Wir warten seit gestern Abend auf unseren Vater …“ Beide betreten die kleine saubere Küche. Nach Philippine Birnstiel lässt sich auch Eckstein auf einem Küchenstuhl nieder. „Wir haben ihren Mann gefunden.“ Ganz langsam und leise versucht Eckstein der Frau den Tot ihres Mannes mitzuteilen. „Er liegt unten kurz vor Röttersdorf auf einer Wiese am Rohrbach. … Man hat auf ihn … aus nächster Nähe geschossen. … Er ist auch … überall … am Kopf … schwer verletzt worden.“

Lange herrscht Schweigen. Dass ihr Mann Eduard Birnstiel tot ist, hat Eckstein immer noch nicht ausgesprochen. Er braucht es auch gar nicht. Die Frau vergräbt sich auf dem Küchentisch schluchzend in beiden Armen. „Ich verstehe das nicht. Er war doch gestern bei der Oberförsterei zur Holzauktion. Dann war er kurz hier und ist in den Wald gegangen. Und dann kommt er nicht wieder. Was soll aus uns werden? Wie soll ich allein fünf hungrige Mäuler stopfen?“ Eckstein weiß keine Antwort. Er nickt nur kurz zum Abschied und geht aus dem Haus. Mit großen schnellen Schritten rennt er durch den Wald zurück zum Tatort.

Beim Eintreffen muss Echstein mit Entsetzen feststellen, dass mehrere Personen auf der Wiese umherstehen und eine größerer Menschenmenge vom Waldrand aus dem Treiben am Tatort zusieht. Schutzmann Matthes fuchtelt mit den Armen und schreit: „Räumen sie die Wiese! Die Wiese ist gesperrt! Zurück! Zurück in den Wald!“ Feldjäger Eckstein tritt hinzu. „Alles runter von der Wiese!“ Zu Matthes gewandt, fragt er nach dem Oberförster. „Der war gemeinsam mit Forstwart Bürger kurz hier. Ich habe ihm alles genau berichtet. Die beiden sind schon wieder weg. Der Oberförster wollte seinem Forstmeister telegrafieren.“

Eckstein schüttelt mit dem Kopf. „Was denn, noch mehr Leute hier? Matthes ist unsicher: „Hier waren noch eine ganze Menge Leute aus Brennersgrün. Sie haben dem Forstwart Bürger ein Gewehr gezeigt, welches sie am Morgen hier in der Nähe gefunden haben wollen. Sie haben es aber nicht herausgegeben und wieder mitgenommen.“

Friedrich Eckstein weiß nicht, was er davon halten soll. Er will zunächst die Lage am Tatort ordnen. „Wenn der Untersuchungsrichter eintrifft, hat hier Ordnung zu herrschen. Klar?“

Nachdem Eckstein und Matthes die Leute von der Wiese verwiesen haben, schneiden sie an der Schonung mittlere Fichtenäste ab und bringen sie zum Leichenfundort. Eckstein durchsucht die Uniformjacke und die Hosentaschen des toten Forstwarts. Zum Papierpfropfen und dem Metallstück in der Kartentasche packt er das Portemonnaie, eine Haarbürste, ein Vergrößerungsglas, die Taschenuhr mit Kette und ein Taschenmesser. Den oberen Aufsatz eines Fernrohres schiebt er sich in die Innentasche seiner Jacke.

Nun beginnen Eckstein und Matthes damit, den Leichnam vollständig mit dem Reisig zu bedecken. Als sie damit fertig sind, bestimmt Eckstein: „Die Leiche bleibt hier so lange liegen, bis der Untersuchungsrichter den Abtransport anordnet." Er wendet sich Schutzmann Matthes zu und fragt leise: „Haben Sie etwas mitbekommen, was gesprochen wurde?" Matthes gibt zu bedenken: „Ich hatte hier so allein alle Hände voll zu tun. Das werden Sie wohl einsehen. Mehrfach wurde die Vermutung geäußert, dass es Birnstiel wohl mit Wilddieben zu tun gehabt habe. Der Herr Oberförster hat erwähnt, dass er den Forstwart Birnstiel bereits am vergangenen Mittwoch mit einer Wildererstreife am Rohrbach beauftragt habe, weil zuletzt am Himmelfahrtstage dort ein Reh geschossen wurde. Außerdem haben die Leute erzählt, es seien heute Morgen einige Leute auf Maitour hier vorbeigekommen."

Noch immer streifen einige neugierige Menschen um die Rohrbachwiese. Feldjäger Eckstein zückt sein Notizheftchen und notiert eifrig Namen von anwesenden Leuten, die er erkennt und die ihm bekannt sind.

Aus einer kleineren Menschenansammlung löst sich ein Mann und schreitet über die Wiese auf Eckstein zu: „Ich habe eine Meldung zu machen." Er bleibt wenige Schritte vor dem Feldjäger stehen. Eckstein schaut auf. Er kennt diesen Mann nicht mit Namen. „Also, was können sie aussagen? Berichten Sie." - „Wir sind am Morgen auf der Maitour von Brennersgrün kommend dort drüben vorbei gekommen. Dort habe ich ein Gewehr gefunden." - „Ein Gewehr? Ja, wo haben Sie es denn gelassen?" Eckstein tritt an den Mann heran, der nun sichtlich eingeschüchtert fortfährt: „Ja, ich habe es aufgehoben. Wir haben es mitgenommen." Eckstein unterbricht rasch: „Wer ist wir? Wer war noch dabei?" - „Wir waren von Brennersgrün aus auf Maitour in Röttersdorf. Wir waren etwa zehn Leute. Die meisten sind aber schon zurück nach Brennersgrün gelaufen." - „Sagen Sie, wo ist das Gewehr jetzt?" - „Sie haben es mitgenommen. Der Ernst Stüber sagt, dass er es in Brennersgrün abgeben werde." - „Sagen Sie mir schnell noch

Ihren Namen? Und wo haben sie das Gewehr genau gefunden?" - „Also ich bin Heinrich Färber aus Brennersgrün. Ich bin der ältere Heinrich Färber. Den Namen gibt es in Brennersgrün noch einmal. Das Gewehr habe ich dort drüben im Wald gefunden. Kommen Sie, ich glaube, dass ich Ihnen die Stelle noch genau zeigen kann."

Heinrich Färber schreitet genau auf den am Vormittag festgestellten vermutlichen Kampfplatz am Entwässerungsgraben an der Böschung zum Waldrand zu. Sie überwinden den etwa mannshohen Rand, und nach zirka 60 Metern durch den Hochwald zeigt Färber auf den Boden. „Hier hat das Gewehr gelegen."

Eckstein peilt nach der Lichtung und zur Wiese. Er trägt seine Feststellungen in seine vor wenigen Stunden begonnene Tatortskizze ein. Fundort der Leiche, Kampfplatz und Fundstelle des Gewehres bilden fast eine Linie. „Das ist einleuchtend. Das passt." resümiert Eckstein.

„Also Sie sind heute Morgen von Brennersgrün hier entlang gekommen?" - „Ja, wir haben, wie gesagt, eine Maitour nach Röttersdorf gemacht. Wir wollten die Brandstätte besichtigen, wo das Gewitter letzte Woche in Röttersdorf mehrere Häuser in Schutt und Asche gelegt hat. Auf dem Weg zurück haben wir von den Leuten gehört, was geschehen ist. Das haben wir am Morgen noch nicht gewusst. Jetzt habe ich mir so gedacht, dass ich alles stehende Fußes melden muss. Das war doch richtig, oder?" - „Jawohl, das ist gut so. Der Verbleib dieser Waffe, hinter der wir möglicherweise die Tatwaffe vermuten können, ist sehr bedeutsam für die Ermittlungen. Das ist vom ersten Range wichtig." Färber stammelt nun: „Auf dieser Maitour war der junge Karl Bär bei uns. Er hat uns berichtet, dass man gestern Abend einen Schuss gehört habe." Schnell lenkt Feldjäger ein: „Ist der Bär mit hier, bei Ihnen?" - „Jawohl."

Heinrich Färber braucht nur kurz zu winken. Karl Bär hat ihn die ganze Zeit beobachtet und nicht aus den Augen gelassen. Mit forschen Schritten kommt er auf den Feldjäger zu. Schon aus zehn Schritten Entfernung ruft er herüber: „Also gestern Abend habe ich einen Schuss gehört." Eckstein versucht ihn zu beruhigen. „Nun mal langsam, junger Mann. Also einen Schuss haben Sie gehört? Und wann war das?" - „Ja, ich habe einen Schuss gehört. Das war zwischen sechs und sieben Uhr. Und gleich nach dem Schuss habe ich mehrfach Rufe gehört ‚Ach Gott! Ach Gott!' Und dann, und dann habe ich noch einen Schuss gehört. Und dann, und dann war alles ruhig."

Eckstein fragt nun scharf nach: „Ja was hatten Sie denn um diese Zeit hier zu suchen?" - „Ach ich war auf der oberen Rohrbachwiese Gras schneiden für die Ziegen. Der Leopold Sinnig war bei mir. Der kann das bestätigen." - „So, der Leopold Sinnig war bei Ihnen. War der auch Gras schneiden?" - „Ja, klar. Und der Arno Sinnig und der Alois Bär waren auch dabei. Die können das bestätigen." - „So! Ich nehme an, die waren auch Gras schneiden?" - „Nein, die waren nur so mit gekommen. Und die Friedericke Strubelt und die Ida Probst waren auch noch mit. Ach, und auch noch der Hermann Sinnig. Der war auch dabei." - „Also, Sie alle haben diesen Schuss, die Rufe ‚Ach Gott!' und einen weiteren Schuss gehört?" -„So ist es." - „Ja was zum Teufel haben sie sich gedacht? Und was haben sie dann getan?" - „Nach dem zweiten Schuss blieb alles ruhig. Wir sind nicht auf die Stelle zugegangen, wo die Schüsse herkamen. Die lagen auch gar nicht in unserer Richtung. Wir sind dann weiter bergauf, heim nach Brennersgrün gegangen. So war das."

Der Feldjäger notiert alle Namen. „So war das also. Da wird geschossen und gerufen im Wald, aber keiner schaut hin. Das sind ja feine Zustände, die Sie hier berichten." Karl Bär wird ganz bleich. Seine Euphorie ist gewichen. „Aber ich wollte doch nur alles genau berichten, wie es war. Ich habe es doch gut gemeint. Dort drüben der ältere Mann hat die Schüsse auch gehört." - „Welcher ältere Mann? Zeigen Sie ihn mir!" - „ Na, der dort mit der silberfarbenen Weste. Ich glaube, der ist auch aus unserem Dorf. Fragen Sie ihn doch." Eckstein schreitet auf den beschriebenen Mann zu, der am Waldrand wartet. Kurz wendet er sich um und bedeutet zu Bär: „Bleiben Sie dort. Ich mache das allein. Da brauche ich Sie gar nicht dazu." Kurz wendet er sich den Mann in der Weste zu und fragt: „Also Sie hätten ebenfalls Schüsse gehört? Das berichtet jener junge Mann. Stimmt das?" Der ältere Mann mustert den Feldjäger und gibt zu: „Dem ist so. Ich habe gestern Abend Schüsse gehört." Dann verstummt er. Der Feldjäger wird ungeduldig. „Ja, berichten Sie! Wann, wo, wie, wer war das?" - „Also ich habe gestern Abend zwischen sechs und sieben am hinteren Rohrbach Gras geholt. Da habe ich den Forstwart Birnstiel von Brennersgrün herkommen sehen. Er hatte ein Fernglas in der Hand, und ich sah, wie er von dort drüben in der Dickung an der meiningenschen Grenze stehend auf die angrenzenden freien Grundstücke in Richtung Röttersdorf hindurchspähte. Er hat aber gleich kehrt gemacht und ist zurückgegangen. Mir war später so, als habe ich zwei Schüsse gehört. Ich habe mich aber weiter nicht darum gekümmert." Eckstein erscheint ungeduldig und notiert: „...nicht gekümmert. So! Ihr Name?" - „Karl Ludwig." - „ So, Karl Ludwig, Brennersgrün, nicht wahr? Wie alt?" - „Brennersgrün, ja. 54 Jahre alt. Ich habe dort drüben aber mit angehört, wie eine Frau ebenfalls die Schüsse bemerkt haben will. Dort drüben die Frau, die da neben dem großen Jungen steht."

Eckstein tritt an die besagte Frau heran. „Sie haben Schüsse vernommen? Stimmt das?" Die Frau macht einen kleinen Schritt nach vorn und stammelt: „Ja. Das habe ich." - „Nun mal genau, bitte!" - „Ich war gestern Abend mit der Karoline Beck am Rohrbach Gras schneiden. Da habe ich einen Schuss gehört und gleich darauf war Geschrei ‚Ach Gott! Ach Gott!' Wir haben uns dann nach der Richtung, wo dieses Geschrei herkam, umgesehen. Wir haben dort einen sich auf der Wiese herumwälzenden Mann gesehen. Und zwei Männer von kleiner Statur sind vom unteren Grunde der Wiese herauf nach dem Walde hin gesprungen und dort verschwunden."

Eckstein horcht auf. „Haben sie die Männer erkannt?" - „Nein. Dazu standen wir zu weit entfernt. Wir sind auch nicht näher heran getreten, weil wir uns arg gefürchtet haben. Außerdem war die Dämmerung schon eingetreten." - „Was hatten die Männer an und was hatten sie dabei?" - „Was die Männer an hatten, haben wir ebenfalls nicht erkannt. Die beiden Männer waren jedenfalls nicht sehr groß. Ja, sie waren eher klein."

Eckstein notiert eifrig in sein Heftchen. Jetzt fragt er nach: „Sie sagen mir noch einmal Ihren Namen, Alter und Herkunft, bitte. Das habe ich noch nicht aufgeschrieben." - „Das haben Sie bisher auch noch gar nicht gefragt. Ich bin Karoline Müller, geborene Ott, 43 Jahre, aus Brennersgrün. Hier mein Sohn Edmund hat auch etwas bemerkt." Karoline Müller schiebt den großen Jungen nach vorn. Eckstein ist verwirrt. „Langsam. Die Karoline Beck kann also das, was Sie hier sagten, bestätigen. Ist das so richtig?" Aus drei Schritt Entfernung löst sich eine Frau aus der Menschenmenge und sagt: „Ich kann alles bestätigen, was Karoline hier gesagt hat. Nur die beiden Männer, die über die Wiese ausgerissen sein sollen, die habe ich nicht gesehen."

Vom Rohrbach her löst sich eine Gestalt in einem Uniformrock aus dem Wald und strebt auf Feldjäger Eckstein zu. Die versammelte neugierige Menschenmenge bemerkt ihn zuerst. Eckstein schaut von seiner Schreibarbeit auf und dreht sich um. „Ah, der Herr Oberförster Johannes. Ich hoffe, Sie haben hier zuletzt alles so gelassen, wie wir es heute Morgen vorgefunden haben. Es reicht schon, das einige der vielen Schaulustigen über die Wiese gekommen und hier herumgetrampelt sind."

Der Oberförster bleibt still und schaut sich um. Eckstein fährt fort: „Ich habe die Wiese jetzt geräumt und habe auch schon ein paar Befragungen gemacht. Einige dieser Leute haben etwas bemerkt. Demnach muss sich der Kampf gestern Abend zwischen sechs und sieben Uhr ereignet haben.“

Der Oberförster sagt immer noch nichts. Eckstein: „Bis der Untersuchungsrichter die Leiche freigibt, haben wir mit Reisig ...“ Jetzt unterbricht der Oberförster: „Schon gut. Ich habe Birnstiel beauftragt, gestern Nachmittag im Anschluss der Holzauktion in Lehesten den Wilddieben aufzulauern. Wenn ich das auch nur geahnt hätte.“

Beide stehen jetzt sprachlos neben dem kleinen Hügel mir frischen Fichtengrün. Eckstein wendet sich um, geht ein paar Schritte und setzt seine Befragungen fort: „Sie, Frau Beck, haben aber auch alles mit angehört, was Frau Müller hier ausgesagt hat?“ - „ Ja, das habe ich. Ich kann alles so bestätigen. Nur die beiden Männer, die habe ich nicht gesehen.“

Der Feldjäger schaut sich um. „So was ist denn nun mit dem Sohn? Was hat der zu berichten?“ Der Junge tritt schüchtern hervor und sagt zunächst nichts. Eckstein fragt erneut: „Junger Mann, was kannst Du mir berichten? Na, sag schon.“ - „Ich glaube, er will Ihnen etwas im Vertrauen sagen.“ fällt die Mutter, Karoline Müller, dazwischen. Eckstein begreift: „Gut gehen wir ein Stück.“

Der Oberförster folgt in gehörigem Abstand. Der Junge bleibt dicht an Ecksteins Seite. Nach 20 Metern beginnt er: „Vorhin war ich an der Stelle, wo der Birnstiel liegt. Da sagte ich zu Gustav Müller, meinem Cousin: ‚Guck, das ist der, der den Kindern nachgesprungen ist‘. Dabei habe ich auf den Franke aus Röttersdorf gezeigt. Als der aber merkte, dass ich mich gegen ihn äußerte, wurde er ganz rot im Gesicht. Er hat die Stelle neben Birnstiel, wo er stand, verlassen und sich unter die anderen Leute dort am Waldrand gemischt. Ein anderer Mann aus Röttersdorf hat hierauf gesagt ‚Sagt nur nicht so viel. Sonst werdet ihr an die Luft gesetzt‘. Den Mann kenn ich aber nicht mit Namen. Der und der Franke sind auch nicht mehr hier, glaube ich.“

Wie Eckstein die Angaben notiert, tritt der Oberförster dazu. „Habe ich das richtig gehört? Der Junge sagt, dass dieser Franke den Kindern nachgesprungen sei? Wissen Sie denn, was der Junge damit meint?“ Eckstein schaut den Oberförster und den Jungen abwechselnd an. „Nun ich denke, dass es sich um einen Zwischenfall aus dem Sommer vorigen Jahres handelt.“ Der Oberförster wirft rasch ein: „Ganz genau! Hier ganz in der Nähe des Tatortes muss es gewesen sein. Ein paar Röttersdorfer Männer, die anscheinend auf Wilddieberei aus waren, haben die Frauen und Kinder aus Brennersgrün vertrieben, die hier zum Gras schneiden waren.“

Eckstein wendet sich an den Jungen. „Ist das so?“ Der Junge wird ganz eifrig: „Ja, das meine ich auch. Es waren die Röttersdorfer Männer. Die haben uns davongejagt. Sie haben uns mit Erschießen und Erstechen gedroht, wenn wir nicht zusähen, dass wir uns davon machten.“ Eckstein ist erstaunt. „Mmh, interessant. Wie alt bist Du denn, mein Junge?“ - „Ich bin schon vierzehn. Nächste Woche werde ich konfirmiert.“

Eckstein wendet sich dem Oberförster zu: „Wir können also davon ausgehen, dass es Birnstiel hier mit Wilddieben zu tun hatte. Das wird von den Aussagen der Zeugen und dem Gerede der Leute unterstützt. Die Männer aus Röttersdorf kommen sicherlich an erster Stelle dafür in Frage. Als Beweisstück habe ich nur dieses abgerissene Schmuckband auf der Wiese gefunden. Es könnte ein Hutband sein. Das aufgefundene Gewehr wurde angeblich beim Ortsvorstand in Brennersgrün abgegeben?“

Der Oberförster nickt kurz. Eckstein beendet seine Notizen und schaut über die Rohrbachwiese. „Wo nur der Untersuchungsrichter bleibt? Es wird schon dämmrig. Es steht uns sicher wieder eine kalte Nacht bevor.“

Am Waldrand lichtet sich die Schar der Zuschauer. Eckstein besichtigt wiederholt den angenommenen Kampfplatz an der Böschung zum Hochwald. „Sehen Sie, es ist kaum noch etwas festzustellen. Hier diesen Stiefelabdruck haben wir mit Birnstiels Schuhwerk verglichen. Die Spur stammt vom Förster. Dort oben" Eckstein zeigt geradeaus in den Hochwald, „will ein gewisser Heinrich Färber ein Gewehr gefunden haben." Der Oberförster kann alles gut erkennen und sich ein umfangreiches Bild machen. Er sagt aber nichts dazu. Eckstein wirkt etwas ungehalten. Der Oberförster stammelt: „Dann werde ich mal hinüber nach Lehesten gehen und sehen, wo der Richter bleibt. Auf Wiedersehen."

Eckstein schaut dem Forstmann verwundert nach, der kehrt macht und so schnell er es ausgesprochen hat und, ohne eine Antwort abzuwarten von der Wiese verschwindet. Auch am Waldrand zeigen sich gegenwärtig keine Schaulustigen mehr. Schutzmann Matthes ist schon bald der Einzige hier, der Feldjäger Eckstein bei der Tatortwache unterstützt. Eckstein fröstelt, und wieder ärgert er sich. Noch dazu, wo jetzt die Nacht deutlich hereinbricht, schon wieder eine Gestalt über die Rohrbachwiese latscht. „Hej! Halt! Bleiben Sie stehen!" brüllt Eckstein. Die Gestalt bleibt stehen, hebt einen Arm und ruft herüber: „Ich bin's, der Gemeindevorsteher Müller aus Lehesten!" Eckstein ist erleichtert. „Na endlich. Das wurde aber auch Zeit."

Mit großen Schritten streben Eckstein und Matthes der immer noch verharrenden Gestalt am Rande der Wiese zu. Eckstein ruft: „Wo bleibt denn der Richter?" Gemeindevorsteher Müller wedelt mit einem Papier über seinen Kopf. „Hier sind Telegramme angekommen. Im ersten Telegramm steht, dass die Gerichtskommission morgen 11 Uhr ankommt und Herr Eckstein sich und ein Geschirr bereithalten soll. Und hier steht, dass aus Rudolstadt der Herr Staatsanwalt eintreffen wird. Die Depeschen sind beide erst nach acht Uhr angekommen."

Eckstein tritt heran und versucht im Dämmerlicht, die Bleistiftschrift auf dem Telegrammblättern zu entziffern. Er wendet sich an Matthes: „Bleiben Sie hier, Matthes. Ich schicke jemanden von der Heilsmannschaft oder der Försterei heraus. Sie haben es gehört. Hierher kommt heute niemand mehr.“ Matthes äußert Bedenken: „Ich bin hier wirklich nicht auf eine eiskalte und regennasse Nacht eingestellt. Ich habe auch inzwischen Hunger bekommen. Seit wir heute Morgen los sind, habe ich nichts gegessen und auch nichts anderes getan, als fremde Leute von der Wiese zu verjagen.“ - „Ich verstehe Sie, Matthes. Ich sorge als erstes dafür, dass Sie eine längere Erholungspause bekommen. Danach schreibe ich meine Berichterstattung für den Amtsrichter nieder. Versprochen. Sicherlich kann Ihnen der Herr Gemeindevorsteher noch für ein Stündchen Gesellschaft leisten. Bitte, Herr Müller, bleiben Sie noch hier, bis die Ablösung kommt.“

Wie Feldjäger Eckstein die Wiese verlässt, hört er Matthes hinter sich rufen: „Ich nehme Sie beim Wort, Eckstein!“

Es wird nun schnell und vollständig dunkel über der Rohrbachwiese.

Die ersten Ermittlungen

Am Montagvormittag erscheinen vom Herzoglichen Sachsen-Meiningenschen Amtsgericht Gräfenthal Amtsgerichtsrat Sillich persönlich mit Gerichtsschreiber Nicolai und Gerichtsdiener Ponsold zu Fuß in Lehesten. Wie es ihm aufgetragen wurde, erwartet Feldjäger Friedrich Eckstein die Gerichtskommission. Oberförster Johannes hatte das Pferdefuhrwerk des Forstamtes samt Kutscher besorgt. Von Ludwigstadt herauf kommt zu Fuß der dorthin mit der Eisenbahn angereiste Staatsanwalt Bernhardt von der Staatsanwaltschaft des Gemeinschaftlichen Landgerichts Rudolstadt mit dem Amtsschreiber Meyer.

Amtsgerichtsrat Sillich, Staatsanwalt Bernhardt und die beiden Schreiber nehmen auf dem Fuhrwerk hinter dem Kutscher Platz. Oberförster Johannes, Feldjäger Eckstein und Gerichtsdiener Ponsold gehen vor dem Fuhrwerk. Sie führen den Tross an. Hinter dem Fuhrwerk folgen der Gemeindediener, der Totengräber und von der Hilfsmannschaft der Heilgehilfe Richard Schlegel mit der fahrbaren Totenbahre.

Friedrich Eckstein ist noch immer verwundert. „Was war denn los? Ich habe bereits gestern die Gerichtskommission erwartet.“ Der Gerichtsdiener Ponsold seufzt: „Ach Herjeh! Das war vielleicht eine Aufregung. Wir hatten einen Unfall. Gestern, am Sonntag, hatte der Herr Amtsrichter Heyer, nachdem er Ihr Telegramm gegen Mittag erhalten hatte, angewiesen, dass sofort eine Deputation nach Lehesten zu entsenden ist. Es gehe dort um einen Förstermord, hat er gesagt. Der Herr Richter hat dem ersten Staatsanwalt beim Landgericht nach Rudolstadt telegrafiert, weil dieser, wie er sagte, bei Verdachtsfällen wie Mord bei den Untersuchungen einzubeziehen sei. Inzwischen wurde der Amtsdiener Seyfarth zum Gerber Max Windorf geschickt, damit der sein Pferdegeschirr vorbereitet. Schon kurze Zeit später fuhr der

Kutscher mit dem Amtsdiener auf dem Kutschbock am Amtsgerichtsgebäude vor. Der Amtsrichter Heyer und Gerichtsschreiber Nicolai nahmen im Wagen Platz, und los ging es. Das war halb zwei. Als sie hinter Lauenstein in Richtung Ludwigstadt fuhren, näherte sich auf dem Eisenbahngleis, das dort direkt neben der Chaussee liegt, ein aus Probstzella kommender Schnellzug. Ob die Pferde das Schnaufen der Lokomotive nicht kannten oder durch etwas anderes aufgescheucht wurden, weiß man nicht. Jedenfalls, so wie der Zug heranbrauste, wurden die Pferde scheu und rasten die Straße entlang. Im wilden Galopp kam das Gefährt erst durch einen Aufprall an einem Chausseestein zum Stehen. Der Kutscher und der Amtsdiener wurden vom Kutschbock auf die Pferde herabgeschleudert. Gerichtsschreiber Nicolai war im Wagen sitzen geblieben und kam so unversehrt davon. Er ist heute der Einzige, der noch dabei ist. Amtsrichter Heyer war während der wilden Fahrt aus dem Wagen heraus gesprungen, landete im Kies auf der Bankette und hat sich an beiden Händen die Haut abgeschürft. Er blutete am Ellenbogen und an einigen Stellen des Kopfes und der Stirn. Sein Rockärmel hat ein großes Loch bekommen, und er war über und über voller Straßenstaub. Amtsdiener Seyfarth hatte vom Sturz zwischen die Pferde eine blutende Wunde am Bein. Ein Rad des Fuhrwerkes war durch den Aufprall am Chausseestein vollständig zertrümmert.

Es hätte auch viel schlimmer ausgehen können, so rasend schnell das alles ging. Die Kommission ist dann zu Fuß bis zum nächsten Gasthof in Ludwigstadt. Dort hat man sich etwas erholt und gesäubert. Angesichts des fahruntüchtigen Wagens hat man sich entschlossen, die Weiterreise abzubrechen, und ist zu Fuß zurück nach Gräfenthal."

Eckstein wiegt seinen Kopf hin und her. „Sind denn der Herr Amtsrichter und der Amtsdiener heute krank?" Ponsold kann beruhigen: „Ach so schlimm scheint das nicht zu sein. Der Herr Amtsgerichtsrat hat aber gerade deswegen heute die Sache persönlich übernommen. Er wollte den beiden Verletzten den langen Fußmarsch von Gräfenthal nach hier nicht zumuten und hat sich daher entschlossen selbst herauf zu kommen. Als Ersatz für den Amtsdiener hat er mich bestimmt."

Die **Rohrbachwiese**, das Gelände ist nach 120 Jahren Forstwirtschaft und Schieferabbau stark verändert

Bald ist die Rohrbachwiese erreicht. Feldjäger Johannes Eckstein führt den Amtsgerichtsrat Sillich zum Fundort. Er öffnet seine Kartentasche und legt alle sichergestellten Sachen auf den die Leiche bedeckenden Reisighaufen. Zuletzt präsentiert er das etwa 60 Zentimeter lange, an den Rändern ausgerissene und mit Garnresten versehene schwarze Hutband. Er erklärt die einzelnen Stücke und zeigt auf den Fundort des Hutbandes, des Metallstückes und des Papierpfropfens.

Geduldig hört der Amtsgerichtsrat zu. Staatsanwalt Bernhardt steht still daneben und beobachtet. Dann gehen sie zum vermuteten Kampfplatz. Die Spuren sind nach den Niederschlägen der vergangenen Nacht verwischt und unkenntlich. Amtsgerichtsrat Sillich muss sich nun ganz auf die fleißige und gewissenhafte Arbeit Ecksteins am Tatort verlassen. Johannes Eckstein greift erneut in seine Kartentasche und holt mehrere Blatt beschriebenen Papiers heraus. „Hier bitte, Herr Amtsgerichtsrat, das ist die schriftliche Anzeige mit der genauen Erläuterung meiner gestrigen Ermittlungen.“ Sillich ist begeistert. „Eine saubere ordentliche Arbeit.“

Er schiebt einen Zwicker auf den Nasenrücken und beginnt, noch immer mitten auf der Wiese stehend, zu lesen. Der Amtsgerichtsrat winkt Staatsanwalt Bernhard herbei. „Hier schauen Sie, das Anzeigenprotokoll Ecksteins. Ich bin sicher, dass Feldjäger Eckstein hier die halbe Nacht daran gesessen hat.“ Eckstein mischt sich ein: „Ich dachte mir, dass der Bericht fertig sein muss, wenn Sie eintreffen. Es dürfte uns doch allen hier daran gelegen sein, mit ordentlichen Ergebnissen aufzuwarten und zügig den Fall aufzuklären. Es war hier vor Ort sehr schwierig. Ich habe so eine Ansammlung von Schaulustigen wie gestern an einem Tatort noch nicht erlebt. Die ganze Rohrbachwiese war von Menschenmengen umzingelt gewesen. Erst am Abend konnte dort die notwendige Ordnung geschaffen werden. Ich bin heute mit dem ersten Hahnenschrei aufgestanden und zur Wiese am Rohrbach hinausgelaufen, um in Sicherheit zu sein, dass alles noch seine Ordnung hat.“ Sillich nickt anerkennend und lässt die Reisigabdeckung über der Leiche entfernen.

Es gibt heute hier nichts Weiteres zu finden. Oder doch? Sillich hebt vom Boden einen zerknüllten Papierfetzen auf. „Das ist das gleiche Material wie bei dem von Eckstein sichergestellte Pfropfen. Insgesamt wurde dort von Eckstein und seinen Helfern am gestrigen Tage eine sehr gute Arbeit geleistet, abgesehen davon, wie es hinterher und auch noch heute Morgen hier aussieht. Sillich schließt ab: „Die Sicherung des Tatortes wird aufgehoben.

Feldjäger Eckstein soll jetzt nach Hause gehen, um sich zu erholen. Sie sind doch über 24 Stunden auf den Beinen, nicht wahr? Die Leiche kann nach dem Totenhaus abtransportiert werden. Ich werde die Sektion des Leichnams veranlassen."

Der Totengräber und Schlegel heben die Leiche auf die Bahre. Eckstein beugt sich plötzlich über den Lagerplatz, von dem die Leiche gerade fortgetragen wurde. „Hier sehen Sie nur! Da sind ein paar Schrotkörner!" Sillich ist rasch hinzugekommen, hebt insgesamt sechs kleine Schrotkörner auf und verpackt sie in einem kleinen Kuvert. Sillich meint: „Diese Kügelchen waren nur deshalb heute noch sichtbar, weil die ganze Zeit die Leiche darauf gelegen hat. Da haben wir aber Glück gehabt."

In Schingnitz' Gasthof in Lehesten nimmt die Gerichtskommission unter Leitung des Amtsgerichtsrats Sillich Quartier und führt von dort die weiteren Ermittlungen. Er macht Staatsanwalt Bernhardt den Vorschlag, sich die Arbeit zu teilen. Am Nachmittag beginnen die Vernehmungen. Sillich verhört mit seinem Schreiber Nicolai die Zeugen aus Lehesten, und Bernhardt übernimmt von Schreiber Meyer assistiert im Nebenraum die Brennersgrüner.

Sillich hat zur ersten Vernehmung den Herzoglichen Oberförster Hermann Johannes, 41 Jahre alt, zu sich gebeten. Johannes bestätigt, dass er am Mittwoch vor dem Fall, also am 16. Mai, hier in diesem Lokal, Schingnitz Gasthof, den Forstwart Birnstiel beauftragt habe, eine Wildererstreife an der Rohrbachwiese am Samstag unmittelbar nach der Holzauktion durchzuführen. Zuletzt wurde am Himmelfahrtstag bei der Rohrbachwiese ein Reh gewildert. Man gehe davon aus, dass solche Gelegenheiten wie die Holzauktion, bei der sich alle Forstbeamten in der Stadt aufhielten, von solchen finsteren Gestalten genutzt würden, um ihren frevlerischen Handwerk nachzugehen. Der Oberförster habe Birnstiel am Samstag gesehen, als er die Holzauktion

Gasthaus Thüringerwald in Lehesten, Breite Straße (re.), einstmals **Schingnitz' Gasthof**

noch vor ihrem Ende verlassen hat. Oberförster Hermann Johannes habe sich gemeinsam mit Forstwart Bürger von Schutzmann Matthes auf der Rohrbachwiese informieren lassen. Von den sichergestellten Fundstücken kann der Oberförster die Geldbörse, die Haarbürste, das Vergrößerungsglas, den Fernrohraufsatz, die Taschenuhr und das Taschenmesser der Person des Forstwarts zuordnen. Diese Gegenstände habe er privat und dienstlich für gewöhnlich benutzt. Über die Herkunft des Hutbandes, des Papierpfropfens und des Eisenstückes kann er keine Angaben machen. Zum Abschluss sagt Johannes aus, dass Birnstiel sehr wohl Feinde gehabt habe, er sie aber nicht namentlich benennen könne. Ihm sei diesbezüglich nichts bekannt.

Dann beginnt die Vernehmung von Forstwart Georg Bürger in Anwesenheit des Oberförsters. Er kann wenig zur Aufklärung beitragen. Er ist erst ein Jahr im Revier und ihm sei nichts bekannt.

Staatsanwalt Bernhardt hat im Nebenraum alle Hände voll zu tun. Zuerst soll die Karoline Müller aussagen. „Ich habe dem Feldjäger gestern schon alles gesagt.“ - „Dann wiederholen Sie es bitte, für mich und das Protokoll.“ - „Also, ich war am Samtsagabend mit der Karoline Beck zum Grasschneiden bei der Rohrbachwiese. Wir waren jenseits des Ortes, wo die Leiche gefunden wurde. Wir hörten einen Schuss und dann einen Schrei. Wir waren mit unserer Arbeit fertig und wollten loslaufen. Wir hatten schwer zu tragen, hatten auch Angst und machten, dass wir davonkommen. Ich habe mich noch einmal umgesehen. Durch das Gebüsch habe ich jenseits des Wassers auf der dahinter beginnenden Anhöhe auf etwa halber Höhe etwas gesehen, was ich nicht unterscheiden konnte. Ich habe es für einen Hund gehalten. Gleichzeitig sah ich zwei Männer von dieser Stelle den Berg hinauf in den anstoßenden Wald hinein laufen. Ich habe sie nicht genau gesehen. Der eine war vielleicht ein 16jähriger Bursche. Ich kann ihn aber nicht näher beschreiben.“

Staatsanwalt Bernhardt richtet sich auf und fragt den Schreiber, ob er der Aussage folgen konnte und alles niedergeschrieben hat. Er geht in den Nebenraum und holt den dort noch anwesenden Oberförster Johannes herein. Karoline Müller wiederholt ihre Aussage vor dem Oberförster. Johannes bestätigt es. „Die Richtung, in der sich nach dieser Beschreibung die beiden Gestalten vom Tatort entfernt haben sollen, ist auf dem nächsten Weg nach Röttersdorf zu.

Als nächsten wird Karoline Beck hereingerufen. Karoline Beck ist 33 Jahre alt und ebenfalls aus Brennersgrün. Ihre Aussage lautet zunächst gleich der von Karoline Müller. Auch sie habe einen Schuss gehört, und dann habe jemand ‚Ach Gott, ach Gott‘ gerufen. Sie habe die Gestalten auf der Wiese angeblich nicht gesehen. „Die Karoline Müller hat zu mir gesagt, da unten balgen sich drei auf der Wiese und jetzt gehen zwei fort. Ich habe nach der Stelle auf der Wiese gesehen. Ich habe dort nur einen Fleck bemerkt. Ich kann nicht sagen, ob das ein Hund oder ein Mensch gewesen ist. Mir war unheimlich und, ich wollte nur noch weg."

Plötzlich werden die Ermittlungen unterbrochen. Ein fremder Mann kommt zum Gasthof und erklärt den Amtsrichter sprechen zu müssen. Es ist der Schultheiß von Brennersgrün Magnus Brödel. Er legt ein Gewehr vor, welches noch in ein Sacktuch eingewickelt ist. Oberförster Hermann Johannes springt sofort auf, wickelt das Gewehr aus und betrachtet es näher. Amtsgerichtsrat Sillich holt den Staatsanwalt aus dem Nebenraum. Magnus Brödel beginnt: „Dieses Gewehr haben mir die Brennersgrüner Ferdinand Korn und der Bergmann Lorenz am Sonntagnachmittag gebracht. Korn hat erklärt, dass er und der Louis Probst das Gewehr gefunden hätten." Amtsgerichtsrat Sillich bemerkt sofort eine Abweichung und schaut in Ecksteins Anzeigenschreiben nach. „In diesem Bericht hier meldet Feldjäger Eckstein, es habe sich bei ihm ein Heinrich Färber gemeldet, der das Gewehr gefunden haben will. Was ist denn nun richtig?" Schultheiß Brödel weiß es auch nicht. „Es waren schließlich mehrere Personen gleichzeitig auf Maitour, und somit war man auch recht zahlreich am Fundort. Der Ferdinand Korn und seine Begleiter hätten jedenfalls keine Ahnung davon gehabt, was dort im Wald passiert sei und was es mit dem Gewehr auf sich haben könnte."

Sillich nimmt dem Oberförster das Gewehr aus der Hand. Es ist geladen und anscheinend nicht abgefeuert. In den Läufen liegen zwei verschiedene Patronen. Es könnte sich um das Jagdgewehr Birnstiels handeln. Der Oberförster will sich aber nicht festlegen. Er könne nicht genau sagen, wem dieses Gewehr gehört.

Der noch zur Vernehmung anwesende Forstwart Georg Bürger bemerkt, das Gewehr zu kennen. Amtsgerichtsrat Sillich schickt alle außer Bürger und den Schreiber wieder hinaus und setzt die Vernehmung fort. Der Herzogliche Forstwart Georg Bürger ist 32 Jahre alt. Er erkennt das Gewehr ganz genau. Es ist das Gewehr von Forstwart Birnstiel. Am Nachmittag zwischen zwei und drei

Uhr hätten ihm mehrere Brennersgrüner, darunter der Ernst Stüber, dieses Gewehr auf der Rohrbachwiese gezeigt. Stüber habe erklärt, dass sie es am Morgen gegen sechs Uhr fünfzig Meter oberhalb der Stelle, wo Birnstiel am Sonntagnachmittag immer noch lag, gefunden hätten. Es wäre ein Lauf abgeschossen und bei dem anderen Lauf der Hahn gespannt gewesen. Diesen Lauf haben sie später abgeschossen. Georg Bürger sagt aus: „Als mir das Gewehr am Sonntag auf der Wiese gezeigt wurde, habe ich Blutspuren am Schaft, am Hals und am Schloss bemerkt. Ob eine Ladung darin lag, konnte ich nicht erkennen."

Sillich nimmt das Gewehr erneut zur Hand und schüttelt den Kopf. „Hier sind keine Bluspuren. Beide Läufe sind mit verschiedenen Patronen geladen. Wie erklären Sie sich das?" - „Ich kann nur wiederholen, was ich gesehen habe. Das Gewehr war blutig. Ich habe die Leute aufgefordert, mir das Gewehr auszuhändigen. Sie haben erklärt, dass sie das Gewehr nicht hergeben würden und es in Brennersgrün abgeben wollen. Ich konnte dagegen nichts machen."

Im Nebenraum sitzen sich Staatsanwalt Bernhardt und der Schultheiß von Brennersgrün, Magnus Brödel, gegenüber. Brödel ist 43 Jahre alt und erklärt: „Der Feldjäger hat mir am Sonntagmorgen gegen elf Uhr vom Auffinden des toten Forstwarts gemeldet. Am Nachmittag haben der Ferdinand Korn und der Bergmann Lorenz aus Brennersgrün das Gewehr zu mir ins Haus gebracht. Es war so, wie ich es hier vorgelegt habe. Ich habe daran nichts verändert. Ferdinand Korn hat gesagt, dass er und der Louis Probst es gefunden hätten. Am Abend war der Ernst Stüber bei mir. Er hat mir erklärt, dass sie auf Maitour in Röttersdorf waren. Dort habe der Zugarbeiter Merk aus Oßla gesagt, dass das Birnstiels Gewehr sei. Ich habe doch Birnstiel selbst gesehen, als er sein Haus verlassen hat. Ich wohne neben dem Gasthof gegenüber dem Forsthaus, wo Birnstiel mit seiner Familie wohnt. Er ist am Samstag gegen sechs Uhr mit dem Gewehr auf der Schulter aus Brennergrün hinausgegangen. Mehr kann ich nicht sagen."

Nach dem Schultheiß kommt die 18jährige Friedericke Strubelt aus Brennersgrün zur Zeugenvernehmung. Sie war mit Ida Probst, Karl Bär, Arno Bär, Arno Sinnig und weiteren Brennersgrünern am Samstag zum Grasschneiden bei der Rohrbachwiese. „Es war so gegen sieben Uhr am Abend, als wir zwei Schüsse und ‚Ach Gott'-Rufe gehört haben." Ihre Freundin Ida Probst bestätigt diese Aussage. Sie erklärt zusätzlich: „Der erste Schuss war dumpf und nicht so laut wie der zweite. Wir waren, etwa 8 Minuten zu gehen, von der Stelle entfernt, wo der Birnstiel lag." Ergänzend dazu wird auch Arno Sinnig aus Brennersgrün verhört. Er bestätigt die Aussage, dass zunächst ein Schuss gefallen sei, dann ‚Ach, Gott!' gerufen wurde und eineinhalb Minuten später ein weiterer, laut krachender Schuss zu hören war.

Auch Amtsgerichtsrat Sillich hat noch zu tun. Feldjäger Eckstein wird ergänzend zu seinen Angaben in der schriftlichen Anzeige befragt. Der Amtsgerichtsrat Sillich hat einen neuen Auftrag für Eckstein: „Jetzt würde ich vorschlagen, Herr Feldjäger, dass von Ihnen eine genaue Übersichtszeichnung des Tatortes angefertigt wird. Es dürfte Ihnen doch gar nicht so schwer fallen, Ihre vom Tatort angefertigte Kartenskizze in eine ansprechende Form als Detailzeichnung zu bringen. Der grafisch versierte Gerichtsschreiber Nicolai wird Sie später dabei nach allen Kräften und Fähigkeiten unterstützen. Flugs ans Werk. Ich zähle auf Ihre Kompetenz und Ihre Fähigkeiten."

Auch der städtische Schutzmann Matthes und der Heilgehilfe Schlegel werden verhört. Inzwischen haben sich weitere Zeugen gemeldet. Die Nachricht vom Tode des Forstwarts ist in Brennersgrün und Lehesten in aller Munde. Hermann Lang, Schieferarbeiter, 18 Jahre, aus Lehesten erscheint freiwillig als Zeuge. „Ich habe am Samstagabend gegen sieben Uhr oberhalb der Rohrbachwiese Streu gemacht. Zehn Minuten vor der Rohrbachwiese sah ich Birnstiel auf dem Weg stehen, wie er mit seinem Opernglas nach der Wiese zu spähte. Er ist den Weg weiter gegangen und hat nochmals durch das Glas gesehen. Ich bin in entgegengesetzter Richtung gegangen und habe Birnstiel aus den Augen verloren. Nach weiteren 20 Minuten habe ich einen Schuss gehört. Ich habe mich aber nicht darum gekümmert und bin weiter gegangen. Ich dachte, dass der Schuss von der Röttersdorfer Chaussee her gekommen sei."

Während Eckstein gemeinsam mit Gerichtsschreiber Nicolai im Nebenzimmer über der Anfertigung einer Tatortzeichnung sitzt, machen sich der Amtsgerichtsrat und der Staatsanwalt näher bekannt. Staatsanwalt Bernhardt bestätigt: „Sie machen das alles sehr geschickt, Herr Amtsgerichtsrat. Neue Anhaltspunkte oder Verdachtsmomente lassen sich aber daraus nicht ableiten. Alle Befragungen ergeben offensichtlich ein recht einheitliches, wenn auch unvollständiges Bild von der Sache. Leider kann ich noch keinen konkreten Tatverdacht erkennen. Das wird Ihnen genauso gehen, oder?" - „Wir sind ja noch am Anfang und es ist schwer. Danke für Ihre Hilfe. Ich würde gern mit Ihrer weiteren Unterstützung rechnen, Herr Staatsanwalt." - „Das können Sie. Ich helfe Ihnen gern. Ich schlage Ihnen vor, dass wir uns morgen die Ermittlungen wiederum etwas teilen. Ich werde aber morgen zum Abend abreisen." - „Danke. Ich werde, wie Sie, versuchen, morgen hier fertig zu werden." - „Das, finde ich, ist sehr optimistisch geplant. Sie sind selbst erst heute am Morgen hier eingetroffen?" - „Ja, das wissen Sie doch. Wir hatten gestern einen Unfall. So haben wir den Tatort am Sonntag nicht mehr erreicht." - „Ich habe heute früh schon von diesem Missgeschick gehört. Ich bin mit der Eisenbahn bis Ludwigstadt gefahren und zu Fuß herauf gekommen. Im Zug wurde der Unfall gestern sehr wohl beobachtet. Jedenfalls wurde mir heute vom Kondukteur* davon berichtet." Amtsgerichtsrat Sillich erscheint verlegen. „Amtsrichter Heyer hat es ziemlich erwischt. Deshalb bin ich heute persönlich den langen Weg zu Fuß heraufgekommen. Doch zurück zur Sache." Schnell schlägt Staatsanwalt Bernhardt vor: „Die Sektion des Leichnams muss ohne Verzug durchgeführt und abgeschlossen werden."

Am Abend ordnet Amtsgerichtsrat Sillich für den Dienstagmorgen eine gemeinsame Sitzung in Schingnitz' Gasthof an. „Um acht Uhr ist bitte alles hier versammelt, was mit der Sache zu tun hat und gebraucht wird. Feldjäger, Oberförster, Schutzmann und Sie, Herr Staatsanwalt."

Zum vereinbarten Zeitpunkt sind alle erschienen: Amtsgerichtsrat Sillich, Gerichtsschreiber Nicolai und der Gerichtsdiener Ponsold aus Gräfenthal, aus Lehesten Bürgermeister Beetz, Gemeindevorsteher Müller, Oberförster Johannes, Feldjäger Eckstein und Schutzmann Matthes. Auch Staatsanwalt Bernhardt mit seinem Amtsschreiber Meyer ist dabei. Sillich eröffnet: „Ich möchte allen für Ihre fleißige und ausdauernde Arbeit danken, die sie im Zusammenhang mit diesem traurigen Anlass der Ermordung des Forstwarts Eduard Birnstiel aus Brennersgrün geleistet haben. Herr Feldjäger Eckstein hat eine tadellose Tatortarbeit geleistet und einen blitzsauberen Bericht seiner Tatortrecherche abgeliefert. Die jetzt vorliegende Tatortzeichnung ist hervorragend gelungen. Alle wichtigen Details sind darin klar bezeichnet. Wir werden nun, da die Tatortarbeit abgeschlossen ist, einmal Bilanz ziehen und sehen, was als nächstes zu tun ist. Ich habe die Hoffnung und es ist mein hiermit erklärtes Ziel, dass sich bis zu meiner morgen spätestens übermorgen geplanten Rückreise, der, oder sagen wir besser, die Täter hinter Schloss und Riegel sind. Ich möchte nun Herrn Staatsanwalt bitten, fortzuführen."

- „Die Untersuchungen liegen zwar immer noch in der Zuständigkeit des Amtsgerichts Gräfenthal, es ist jedoch zu erwarten, dass nach Abschluss der Voruntersuchung die Mordsache vollständig der Zuständigkeit der Staatsanwaltschaft zufällt. Gestatten Sie mir, meine Herren, dass ich diese Zusammenkunft etwas moderiere und zusammenfasse. Herr Amtsgerichtsrat, wie weit ist es um die Sektion der Leiche bestellt?“

Sillich erhebt sich. „Die Leiche wird heute Morgen vom Totenhaus auf dem Friedhof nach dem Krankenhaus gebracht und dort vom Herrn Physikus Dr. Kreißmann assistiert von Herrn Dr. Peetz einer Sektion unterzogen. Es ist geplant, dass nach dieser Sektion der Leichnam am Mittwoch direkt nach Brennersgrün überführt wird, um ihn da bereits zu beerdigen. So hat es der Oberförster mit der Witwe Birnstiel abgesprochen. Ist das so richtig?“ Oberförster Johannes nickt mit dem Kopf. Für Bernhardt ist dieses Thema zunächst abgeschlossen. Er fährt fort: „So! Das wäre zum Fortgang der Beweissicherung zu sagen. Jetzt müssen wir uns aber voll und ganz der namhaften Feststellung und Ergreifung der Täter widmen. Wo fangen wir da an?“

Oberförster Johannes springt auf. „Meine Ermittlungen am Tatort haben den Beweis erbracht, dass wir es mit Wilddieben zu tun haben. Eduard Birnstiel war am Samstag auf unserer Hol-

Forsthaus Lehesten, 1894 Sitz der Oberförsterei

zauktion hier in Lehesten. Bereits am Nachmittag, als die Auktion noch gar nicht beendet war, habe ich ihn mit dem Auftrag nach Brennersgrün zurückgeschickt, Wilddieben aufzulauern. Wir, die Meiningenschen Forstbeamten, haben seit geraumer Zeit viel mit Wildfrevlern zu tun. Wir haben schon oft ihre Spuren verfolgt. Forstwart Birnstiel hat darin ganze Arbeit geleistet. Er hat in seinem Revier mit dem Wildererunwesen und dem Holzdiebstahl tüchtig aufgeräumt. Dabei hat er sich offensichtlich nicht nur Freunde gemacht. Ja, er wurde in der letzten Zeit angefeindet wie kein anderer unserer Forstleute. Er hat mir mehrfach davon berichtet, und ich musste es sowohl im Dienst als auch im Privaten selbst erfahren. Da könnte jetzt einer sagen, dass ich schuldig sei, weil ich den Forstwart geschickt habe. Die eingetretenen Folgen konnte keiner vorhersehen. Ich habe mich davon leiten lassen, dass sich Wilderer und Forstfrevler vor allem während der Abwesenheit des Forstpersonals sicher glauben. Das betrifft die hohen Feiertage, an denen unsere treuen Beamten den Gottesdienst aufsuchen. Das betrifft aber auch unsere Holzauktion am Samstag, zu der sich das gesamte Forstpersonal in Lehesten aufgehalten hat. Das Gewehr Birnstiels, das ich hier sichergestellt habe, ist nicht abgefeuert. Meine Spurensuche am Tatort hat eindeutig bewiesen, dass es ein heftiges Rekontre* zwischen den Wilddieben und Birnstiel gegeben hat, in dessen Folge mindestens ein Schuss auf ihn abgefeuert und ihm der Schädel eingeschlagen wurde."

Der Staatsanwalt unterbricht: „Nun, zur Todesursache werden wir erst nach der Leichensektion genaueres sagen können. Das ist hier zu früh. Und über den Zustand und Gebrauch des Gewehres gibt es inzwischen andere Informationen."

Feldjäger Eckstein staunt. Was doch der Oberförster am gestrigen Tage in derart kurzer Zeit alles ermittelt, fest- und sichergestellt hat? Das ist erstaunlich. Herr Oberförster versteht es nahezu blendend, sich in den Mittelpunkt zu rücken. Staatsanwalt

Bernhardt erkennt das. „Die Tatortarbeit wurde beispielhaft von Feldjäger Eckstein geleitet. Die Bedingungen dazu waren angesichts der anwesenden Menge an Neugierigen nicht einfach. Das wissen wir. Wilddiebe hin oder her. Der einzige Name, der bei Ecksteins Ermittlungen auftaucht, ist dieser Franke, nicht wahr?"

Jetzt unterbricht der Oberförster die Rede des Staatsanwaltes: „Ja, aber den Namen Franke hat doch nur dieses Kind genannt. Kann man dem Glauben schenken?"

Der Staatsanwalt hebt die Augenbrauen und schaut Feldjäger Eckstein fragend an. Eckstein bleibt still. Es ist ihm zu suspekt, sich in diese schwelende Auseinandersetzung irgendwie einzumischen. Der Staatsanwalt schaut immer noch auf Eckstein. „Na?" Eckstein erhebt sich. „Dieser Junge, Edmund Müller aus Brennersgrün, will mit Franke einen derjenigen, wohl sämtlich aus Röttersdorf stammenden Männer erkannt haben, welche letzten Sommer auf Wilddieberei aus gewesen wären. Sie hätten Frauen und Kinder aus Brennersgrün ganz in der Nähe des jetzigen Tatortes beim Grasschneiden vertrieben und Ihnen mit Erschießen und Erstechen gedroht. Der Junge ist 14 Jahre alt und Konfirmand. Er ist ein recht aufgewecktes und pfiffiges Bürschchen. Ich sehe keinen Anlass, an seiner Aussage Zweifel zu hegen. Den Franke jedenfalls, hat er sicher und direkt benannt."

Jetzt fällt der Oberförster mit einer Zwischenfrage dem Feldjäger ins Wort: „Ist der Franke auch wie die anderen aus Röttersdorf?" Eckstein weiß, woher der Wind weht. „Der Ernst Franke wohnt nicht in Röttersdorf. Er wohnt in Lehesten auf dem Webersbruch. Dort wohnt er aber, ich schätze, erst vier Jahre. Vorher wohnte er zwanzig Jahre oder gar länger in Röttersdorf."

Nun platzt dem Staatsanwalt der Kragen. „Schluss jetzt! So etwas bringt doch nichts! Ab jetzt wird hier zusammengehalten und fleißig ermittelt. Ich schlage vor, dass der Herr Amtsgerichtsrat mit dem Herrn Oberförster nach dem Webersbruch und nach Brennersgrün gehen. Sie befragen die Bewohner des

Webersbruchs nach dem Franke und in Brennersgrün die Witwe des Forstwarts und die dort ansässigen Holzmacher nach den Anfeindungen, denen sich der Birnstiel ausgesetzt sah. Ich will Namen haben. Verstehen Sie? Feldjäger Eckstein geht ebenfalls zum Webersbruch und holen den Franke hierher. Ich werde ihn mit der Leiche und dem Tatort konfrontieren. Da hat schon mancher schwere Junge weiche Knie bekommen. Sie werden sehen. Wenn wir als Verdächtigen nicht mehr als nur diesen Franke haben, können wir auch nur dem nachgehen. Schutzmann Matthes bleibt bei mir. Bis zum Webersbruch können alle gemeinsam das Fuhrwerk nehmen, wenn es draußen bereit ist. Der Gerichtsschreiber bleibt auch bei mir, und der Amtsdiener kann mit nach Brennersgrün laufen. Los jetzt, an die Arbeit."

Staatsanwalt Bernhardt glüht vor Eifer, als das Gespann schon kurze Zeit später zu Schingnitz' Gasthof zurückkehrt. Im Wagen bewacht Feldjäger Eckstein den Ernst Franke, den sie von seiner Arbeitsstätte aus der Spalthütte auf dem Webersbruch geholt haben. Staatsanwalt Bernhardt spricht gerade mit Heilgehilfen Richard Schlegel und versucht schnell zum Ende zu kommmen. „Wo ist die Leiche jetzt?" - „Ich habe mit Wagenwärter Bernhard Meißgeier die Leiche vom Totenhaus nach der städtischen Krankenstube gebracht und in saubere Wäsche gelegt. Der Doktor Kreißmann ist bereits eingetroffen. Er hat mich beauftragt, noch für Chlorkalk, Karbolsäure und einen Holzkübel zu sorgen. Das habe ich getan." - „Rasch, wir fahren so wie wir sind gleich zum Krankenhaus. Wir stellen den Verdächtigen der Leiche des Försters gegenüber." Staatsanwalt Bernhardt nimmt neben dem Kutscher auf dem Bock Platz. Schlegel bedeutet, dass er zu Fuß voran geht. Das Gespann kommt langsam nach.

Der Staatsanwalt wartet auf dem Wagen, bis der Gemeindediener hinter dem Tore des Krankenhauses verschwindet. Einen kurzen Augenblick später kehrt er zurück und winkt den Wartenden zu. Eckstein führt den Verdächtigen, Ernst Franke, zur Krankenstube und schiebt ihn vor die Bahre. Der Staatsanwalt tritt hinzu und schlägt das Tuch zur Hälfte zurück. Keiner sagt ein Wort. Ernst Franke zeigt keine Regung. Der Staatsanwalt wird nervös.

Lehestener Krankenhaus - 1894 war dort auch die Wachstube des Gendarmen und das Arrestlokal

„Kennen Sie diesen Mann?“ Mit fester und sicherer Stimme antwortet der Franke: „Ich habe ihn schon einmal gesehen. Ich weiß aber nicht, wer er ist. Ein Förster?“ – „Oh ja! Sie haben ihn schon einmal gesehen. Am Samstag vielleicht?“ Franke wiegt mit dem Kopf. „Am Samstag habe ich den ganz bestimmt nicht gesehen. Da war es kalt. Ich war den halben Tag auf Arbeit und war auch den Rest des Tages nicht von zu Hause weg. Das können fast alle auf dem Webersbruch bezeugen. Es ist schon länger her, dass ich diesem Mann einmal in der Stadt begegnet bin.“

Der Staatsanwalt wird umso beklommener, je resoluter sich der Franke gibt. Keinerlei Unsicherheit ist ihm anzumerken. Feldjäger Eckstein gibt die Aussage des jungen Edmund Müller wieder. Ernst Franke lächelt. „Am Sonntag war ich, wie alle anderen, an der Wiese am Rohrbach. Ja, wir sind bis zu der Stelle, wo der Förster lag, hingegangen. Ich bin nicht lange dort geblieben. Von einem Jungen weiß ich nichts. Ich habe auch nichts mit diesen Röttersdorfer Männern zu tun. Ich weiß auch nicht, wie Sie das meinen."

Staatsanwalt Bernhardt triumphiert. „Sie haben also diesen Mann am Sonntag gesehen und nicht vor langer Zeit einmal in der Stadt?" Ernst Franke bleibt ganz ruhig. „Am Sonntag auf der Wiese habe ich ihn tatsächlich gesehen. Da war er aber schon tot. Ich dachte, ich soll Ihnen sagen, wann ich ihn das letzte Mal lebendig gesehen habe?"- „Am Samstagabend!" schreit der Staatsanwalt. Franke haucht nur ganz leise „Nein."

Bernhardt resigniert. Er schlägt des Leintuch wieder über das Gesicht des Toten und denkt sich: ‚Einen Trumpf kann ich noch ausspielen. Das geht noch.'

Die ganze Zeit haben der Physikus Dr. Kreißmann und sein Assistent Dr. Peetz schweigend dabei gestanden. Doktor Kreißmann spricht leise zu Staatsanwalt Bernhardt: „Wir werden hier noch eins zwei Stunden zu tun haben. Ich bringe Ihnen den Sektionsbericht gegen zwei Uhr in den Gasthof." Staatsanwalt Bernhardt erkundigt sich bei Heilgehilfen Schlegel: „Kann die Leiche bis morgen hier aufbewahrt werden und direkt von hier zur Beerdigung nach Brennersgrün gebracht werden?" - „Ja, wenn die Doktoren hier fertig sind, wird die Leiche abschließend eingesargt. Das Fuhrwerk und der Totengräber sind für morgen früh bestellt, so dass die Leiche am Vormittag rechtzeitig vor der Beerdigungsfeier am Friedhof in Brennersgrün eintrifft." Jetzt entschließt sich der Staatsanwalt seinen, wie er glaubt, endgültigen Trumpf gegen Franke auszuspielen. „Auf! Wir fahren zur Rohrbachweise!"

Nachdem alle wieder auf dem Wagen Platz genommen haben, fahren sie ab. Nur Richard Schlegel bleibt zurück. An der

Wiese verschafft sich der Staatsanwalt einen ersten Überblick. Feldjäger Eckstein führt den Ernst Franke über die Wiese und zeigt dort auf den Fundort der Leiche. „Hier war es. Hier lag er." Der Staatsanwalt fährt Franke an: „Nun? Sprich!" Wieder bleibt Franke ganz ruhig. Eckstein braucht sich um die Bewachung des Verdächtigen keine Gedanken zu machen. Franke reißt nicht aus. Da ist sich Eckstein inzwischen sicher. Warum sollte er das tun?

„Sprich endlich!" brüllt Bernhardt. Franke tritt zweimal von einem Bein auf das andere. „Ja, was denn? Ich war gestern hier. Das wissen Sie doch. Ich war bis zu dieser Stelle gelaufen. Ich stand genau hier. Dann wurden wir vom Matthes in den Wald vertrieben." Matthes nickt. Franke ergänzt: „Hier waren doch so viele Leute. Vielleicht waren es sogar hundert oder mehr."

Eckstein merkt, wie oberflächig die Vorhalte gegen Franke sind. Er zeigt nach der Böschung, die sie als den eigentlichen Kampfplatz ausgemacht hatten. Es ist alles zertreten. Hier ist nichts mehr zu erkennen.

Trotzdem wirft Eckstein Franke jetzt unmittelbar vor: „Das ist der Platz, wo Sie mit dem Förster gekämpft haben! Das ist die Stelle, wo auf ihn geschossen wurde. Es ist der Ort, wo Sie ihm den Schädel eingeschlagen haben!"

Wieder reagiert Franke nicht auf den Vorhalt. Eckstein bleibt heftig. „Wo hast Du das Gewehr versteckt, mit dem Du Birnstiel erschossen hast? Rede endlich!"

Franke schaut fragend zum Staatsanwalt. Erhofft er sich von dort Hilfe gegen diese massiven Vorwürfe? Der Staatsanwalt behält Franke fest im Auge. Zeigt er auch nur die kleinste Spur von Unsicherheit? Frankes Gesicht ist entspannt und regungslos. Auch der Staatsanwalt versucht seine Gefühle nicht preiszugeben. Eckstein ist rasend vor Erregung. „Wo ist das Gewehr?" Kaum hörbar spricht Ernst Franke: „Ich weiß von keinem Gewehr. Ich habe kein Gewehr. So etwas habe ich noch nie besessen." Franke dreht sich weg. Der Staatsanwalt hebt resignierend die Schulter und deutet Eckstein an, weiter zu machen. Eckstein schiebt sich unmittelbar vor Franke. Von oben schaut er auf den wesentlich kleineren, stämmigen Mann. Ecksteins Nasenspitze berührt fast die Stirn Frankes. „Du sagst mir jetzt, was Du gemacht hast. Klar? Wo hast Du die Schramme da auf der Stirn her, und warum sind Deine Fingerknöchel voller Grind?“ Franke tritt zwei Schritte zurück. „Ich bitte Sie, Herr Staatsanwalt. Das geht zu weit.“ Bernhardt bleibt fest. „Beantworten Sie die Fragen!“ Franke blinzelt zu Eckstein. Der winkt jetzt ab. Nun äußert sich Franke doch: „Am Sonntag war es so kalt. Wir hatten Frost am Morgen. Ich habe Holz geholt für den Kachelofen. Ich bin mit dem großen Spankorb die Treppe hinab kopfüber in den leeren Korb gestürzt. Da habe ich mir diese Beule geholt. Auch an den Händen wollte es erst gar nicht wieder aufhören zu bluten.“ Eckstein ist fahrig. „Für Deinen Waldspaziergang hierher war es aber ...“ - „Es ist genug jetzt, Eckstein!“ braust der Staatsanwalt auf. „Matthes, kümmern Sie sich erst einmal um den Verdächtigen. Wir beenden das hier. Das bringt doch nichts. Wir fahren zurück.“

Vor Schingnitz‘ Gasthof wartet Doktor Kreißmann mit der Arzttasche in der Hand und einer Aktenmappe unterm Arm. „Der Amtsgerichtsrat ist aus Brennersgrün noch nicht zurück. Er macht dort Vernehmungen.“ So wird Doktor Kreißmann vom Staatsanwalt begrüßt. „Das macht nichts. Ich kann das Protokoll der Sektion sicherlich auch Ihnen übergeben.“ – „Aber kommen Sie doch bitte erst einmal herein und erklären Sie mir kurz, was Sie festgestellt haben.“ – „Es gibt wenig Neuigkeiten. Es ist so verlaufen, wie es zu erwarten gewesen ist.“

Der Staatsanwalt beeilt sich, in den Kollegraum des Gasthofes zu gelangen. Ernst Franke soll nicht erfahren, was während der Sektion festgestellt wurde. Hier sind sie beide allein und erst einmal ungestört. Doktor Kreißmann öffnet seine Aktenmappe und übergibt sein Protokoll. „Wir haben zahlreiche Verletzungen festgestellt. Erstens, eine senkrechte Platzwunde, vier Zentimeter in der Mitte der Stirn. Zweitens, eine auf dem Scheitel nach dem Ohr verlaufende neuneinhalb Zentimeter lange und tiefe Wunde. Die Kopfhaut und die Knochenhaut sind vollständig durchtrennt. Diese Wunde hat das Aussehen, als ob sie durch Schläge mit einem stumpfen Instrument beigebracht wurden. Wenn ich es noch nicht erwähnt habe, so muss ich erklären, dass trotz der Heftigkeit der Schläge diese Verletzung nicht geeignet war, den Tot herbeizuführen. Drittens, links neben dieser Wunde eine weitere zwei Zentimeter lange Wunde. Viertens, mehrere Verletzungen am Oberkörper und auf dem Rücken. Fünf davon fanden sich auf der linken Körperhälfte. Es kann ausgeschlossen werden, dass der Tot durch die Schläge auf den Rücken und den Kopf eingetreten ist. Der Schuss auf den Unterleib ist aus nächster Nähe abgegeben worden. Wir haben links eine drei Zentimeter lange und einen Zentimeter breite klaffende Wunde festgestellt, aus der der Darm herausgetreten war. Es wurden in der Wunde einige Schrotkörner gefunden. Die darunterliegende Arterie ist aufgerissen. Ich habe die zerfetzte Hauptschlagader seziert und in Formalin* eingelegt. Hier habe ich noch eine Zeichnung angefertigt.

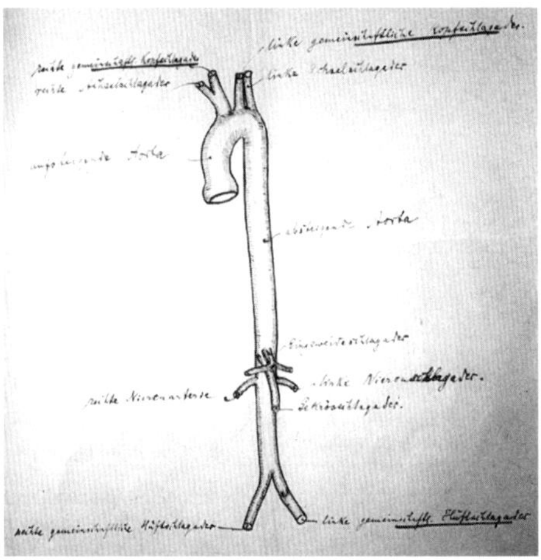

Der Tot ist durch den hohen Blutverlust eingetreten. Es ist aber zu vermuten, dass der Förster noch etwa eine halbe Stunde gelebt hat. Genauso ist anzunehmen, dass er dort ohne Besinnung lag und das Bewusstsein nicht wiedererlangt hat."

Staatsanwalt Bernhardt durchblättert 18 Seiten mit Hand beschriebenes Papier, auf denen 44 Befunde akribisch aufgelistet sind, und zwei weiteren Seiten, auf denen das Gutachten der beiden Ärzte zusammengefasst ist.

Er bedankt sich höflich bei Dr Kreißmann. Währenddessen ist auch der Amtsgerichtsrat Sillich zurückgekommt und wird vom Ergebnis der Sektion unterrichtet. Im Gegenzug berichtet Sillich von seinen Ermittlungen auf dem Webersbruch und in Brennersgrün. Sillich erzählt: „Der Schieferbruchaufseher vom Webersbruch, Georg Oeser, 52 Jahre alt, hat ausgesagt, dass der Franke im Gesicht Verletzungen trage, die von einer Prügelei stammten könnten. Und er hat gesagt, dass er den Mylius Matthes, genannt Beer, im Verdacht hege. Oeser habe schon von verschiedenen Seiten diesen Verdacht gehört. Der Beer wohnt im gleichen Haus wie der Franke, und der Beer sei diese Woche noch nicht auf Arbeit erschienen.

Weiter hätten Sie den Aufseher Louis Weber vernommen. Der wohnt auch im gleichen Haus wie der Franke. Weber hat den Franke als gewöhnlichen Wilderer beschrieben. Er hätte im Frühjahr mit dem Ernst Franke auch eine Prügelei gehabt. Und er weiß, dass der Franke sich im vorigen Jahr bei dem Schieferdecker Lippmann in Oßla eine Stockflinte gekauft habe. Die soll der Franke aber schon zum Ende vorigen Jahres dem Lippmann wieder zurückgegeben haben, da er sie nicht bezahlen konnte. Das konnte auf Nachfrage der Oeser bestätigen. Die Befragungen in Brennersgrün haben außer den allgemeinen Verdächtigungen die Röttersdorfer betreffend nichts ergeben."

Am Abend verhören noch einmal Staatsanwalt Bernhardt und Amtsgerichtsrat Sillich gemeinsam den Ernst Franke. Bernhardt stellt die Fragen und Sillich führt ein Protokoll. Franke antwortet souverän auf die Fragen und rückt in keinem einzigen Detail von seinen Aussagen ab. „Ich habe keine Stockflinte!“

Sillich und Bernhardt sehen alle Felle davonschwimmen, schon heute einen brauchbaren Erfolg vermelden zu können. Auf die Frage, wo er sich am Samstag zur fraglichen Zeit aufgehalten habe, erklärt Ernst Franke: „Ich war auf der Wiese am Geräumig zu Aufsicht.“ In keinem Punkt kann Ernst Franke belastet werden. Kein Vorwurf gegen den Schieferarbeiter ist auch nur durch den geringsten Anhaltspunkt aufrecht zu halten. Das ist nicht der Förstermörder. Staatsanwalt Bernhardt erkennt, dass sein Verdacht konstruiert und unbegründet ist. „Gehen Sie nach Hause, Herr Franke.“

Ein Verdacht

Noch am Dienstagabend waren die Gerichtskommission und Staatsanwalt Bernhardt unzufrieden mit dem Ergebnis ihrer Ermittlungen aus Lehesten abgereist. Feldjäger Eckstein und Schutzmann Matthes hat man aufgetragen, sich umzuhören, zu ermitteln und weiter Anhaltspunkte zu sammeln. Sobald ein neuer Verdacht bestehe, werde man die Voruntersuchungen darauf lenken.

Feldjäger Eckstein eilt am Mittwoch, 23. Mai 1894, hinaus zum Herrschaftsbruch. Bergrat Bischoff hat ihm eine Mitteilung gemacht und freundlicherweise sein Dienstzimmer zur Verfügung gestellt. Schließlich soll Eckstein die Tochter des Bergrats befragen.

Doch zunächst erscheint Klara Neumeister im Kontor. Eckstein notiert: „Klara Neumeister, 15 Jahre alt, wohnhaft in Lehesten, Dienstmädchen bei Bergrat Bischoff auf dem Herrschaftsbruch.“

Sofort schließt sich die erste Frage an: „Sie wollen am Samstag etwas beobachtet haben, von dem man glauben darf, dass es mit einiger Wahrscheinlichkeit mit dem Mord an Forstwart Birnstiel zu tun haben kann?“

Das junge Mädchen antwortet nach kurzem Überlegen: „Nun, ob das, was ich am Samstag gesehen habe, etwas mit dem Mord zu tun hat, kann ich nicht beurteilen. Ich kann mich aber an den Zwischenfall sehr genau erinnern. Am Samstag war ich mit der Tochter des Bergrats, Helma Bischoff, auf dem Friedhof in Lehesten. Um fünf Uhr abends sind wir vom Friedhof weg und nahmen unseren Weg durch die Neustadt. Wir gingen dann oberhalb des Weberschen Schieferbruchs nach dem Herrschaftsbruch zu. Als wir an den Weg kamen, welcher oberhalb des Webersbruchs in den Wald mündet und nach Brennersgrün zu führt, wird es ungefähr viertel Sechs Uhr gewesen sein. Da sahen wir, dass vom Webersbruch zwei Männer her kamen, in raschen Schritten kurz vor uns den Weg überquerten und so den Fußweg in Richtung nach Röttersdorf gingen. Ich erkannte diese beiden Männer ganz genau. Es war der Ernst Franke, welcher auf dem Webersbruch arbeitet und dort wohnt mit seinem Sohne, dessen Vornamen ich aber nicht angeben kann. Ich weiß aber genau, dass dieser Junge noch zur Schule geht."

Eckstein horcht auf: „Was hatten die beiden Frankes bei sich und was hatten sie an?" – „Beide hatten nichts in den Händen..."

Eckstein fährt dazwischen: „Und ein Gewehr? Haben sie das gesehen?" – „Nein, sie hatten auch kein Gewehr oder so etwas ähnliches umhängen. Ernst Franke hatte einen schwärzlichen Hut auf und einen langen schwarzen Rock ohne Schürzen. Auf

Blick über Lehesten zum **Webersbruch**

die Kleidung des Jüngeren kann ich mich nicht mehr genau besinnen. Fräulein Helma fragte mich auch gleich, wer denn die beiden Männer seien und ob das ordentliche Leute wären. Ich gab ihr zur Antwort, dass es die Frankes vom Webersbruch sind. Auf die Frage, ob das ordentliche Leute wären, gab ich keine Antwort. Sie müssen wissen, dass ich die beiden Männer nicht für die besten halte, und schweige deshalb. Da es die beiden Männer so eilig hatten und außerdem aus Röttersdorf stammen, so glaubte ich auch sicher, dass dieselben auch dorthin gingen. Weiter kann ich zu der Sache nichts sagen."

Feldjäger Eckstein verabschiedet das Dienstmädchen sofort, nachdem sie das Protokoll unterzeichnet hat. „Schicken Sie mir Fräulein Helma herein, bitte."

Eckstein wartet einen Moment und beginnt: „Fräulein Helma, können sie mir ihre Wahrnehmungen vom Samstagabend bezüglich der beiden Männer schildern?" Helma Bischoff bleibt zunächst still und spricht dann leise: „Ich habe die Leute nicht gekannt. Ich kann weiter nichts angeben." Eckstein verliest den Wortlaut des Protokolls der Aussage des Dienstmädchens und fragt nun, ob Fräulein Helma das so bestätigen kann. Helma Bischoff wird nun offener: „Ja, ich habe die beiden Männer über dem Weberschen Schieferbruch gesehen, wie sie den Weg nach Röttersdorf zu überschritten haben. Ich kann nur sagen, dass diese beiden Männer sehr schnell über den Weg gingen. Ich kenne diese Leute aber nicht. Ich weiß auch nicht, ob ich sie wiedererkennen würde. Ich habe sie nur kurz gesehen. Sie gingen doch so schnell quer über den Weg."

Feldjäger Eckstein resümiert, dass sich bezüglich des Ernst Franke nun doch ein dringender Tatverdacht ergebe. Sofort erinnert er sich auch an die Aussage des Konfirmanden Edmund Müller am Sonntag auf der Rohrbachwiese. Genau so erinnert er sich an die Aussage Frankes, am Samstag das Haus nicht verlassen zu haben.

Ohne Aufenthalt und ohne Bedenken marschiert Eckstein zum Wohnhaus der Frankes auf dem Weberschen Schieferbruch. Er will seine Nachforschungen unmittelbar bei der Familie Franke fortsetzen. Als Eckstein am Katen der Frankes klopft, öffnet ihm die Ehefrau Emilie. Sowie Eckstein die Frau mit dem Verdacht konfrontiert, äußert diese sich: „Mein Man hat damit nichts zu tun. Sie können mein ganzes Zeug einsehen." Diese Äußerung nimmt nun Eckstein zum Anlass, sämtliche Räume und Nebengelasse in Augenschein zu nehmen. Es ist nicht viel, was zu den Frankes gehört. Die Frau gibt an, von alledem nichts wissen zu wollen. Sie verlässt die Wohnung und tritt vor das Haus.

In der Kammer durchsucht Eckstein einen dort hängenden Rock, welcher nach der Beschreibung der Klara Neumeister derjenige hätte sein müssen, welchen Franke am Samstagabend trug. Auf dem Ärmel findet Eckstein einen Tropfen Blut. Das schwarze Tuch verhindert, dass sich der Blutstropfen auffällig zeigt. Eckstein bemerkt ihn trotz allem. Am nächsten Haken findet Eckstein neun Schlingen aus starkem Draht und Holz. Auf dem Boden unter der Schlafstatt zieht er einen abgeschabten Koffer hervor. Im Koffer findet er zwischen alten Lumpen einen verstopften Krug. Vorsichtig öffnet er den Krug, schaut zur schmalen Öffnung hinein und schüttelt sachte etwas Inhalt auf seine Handfläche. „Ah, Sprengpulver!" entfährt es ihm.

Während seiner Inspektion der Wohnung bemerkt Eckstein auch nebenbei, wie eines der vielen Kinder Frankes aus dem Hause davonläuft. Aber er setzt seine Inspektion fort. Am Balken an der Decke in der Zimmermitte bemerkt er einen schwarzen Hut. Das Hutband ist herausgerissen. Feldjäger Eckstein verlangt nun, dass die Frau ihm den Korb, in welchen der Vater nach seiner ersten Aussage hineingefallen sein will, zeigen soll. Den Korb und auch die Treppe zum Boden inspiziert Eckstein eingehend. Es findet sich kein Blutstropfen, so genau er auch danach schauen mag. Auch gescheuerte Stellen, an denen Blut geklebt haben könnte und von denen etwas abgewischt wurde, kann er nicht erkennen.

Im Ecksteins Hirn kreuzen sich alle Feststellungen mit den Aussagen der Zeugen und den eigenen Aussagen Frankes. Jetzt glaubt er doch ganz sicher, auf der rechten Spur zu sein. Das Mädchen kommt von draußen zurück. Es ist ganz außer Atem. Eckstein fragt: „Wo bist Du denn gewesen?“ - „Ich war nicht weg. Ich war nur kurz bei Mutter vor der Haustür.“ Eckstein wundert sich zwar, geht aber nicht weiter darauf ein. Er kontrolliert die Töpfe auf dem Herd und die kleine Speisekammer. Auch in der Schlafkammer Frankes und der Kinder sieht er nach.

Er glaubt nun, alles gesehen zu haben und will zum Ende kommen. Kurzerhand nimmt Friedrich Eckstein den Rock, die Schlingen, den Krug mit Pulver, den Hut ohne Band sowie den Korb in Beschlag. Er packt alle Beweisstücke in den Korb.

Bei der Gelegenheit schaut er sogleich bei dem genauso wie Franke im allgemeinen Verdacht stehenden Mylius Matthes, genannt Beer, vorbei. Er geht zur Wohnung nebenan und ist erstaunt: Der Beer schläft auf seinem Sofa. Es ist noch lange Arbeitszeit. Mylius Matthes sei krank. Eckstein kann keine Krankheitszeichen feststellen. Er wundert sich. Doch sonst ist an Beers Benehmen nichts Verdächtiges zu bemerken. Beer hat auch nichts dagegen, dass Eckstein seine Wohnung durchstöbert. Solange Eckstein auch sucht - er findet nichts, was auf Wilderei oder den Förstermord hinweisen könnte.

Eckstein ahnt allerdings auch nicht, was sich zu eben dieser Zeit vor dem Haus abspielt. Er geht wieder zu Frankes Wohnung und fordert den ältesten Sohn auf, den Korb mit den Beweisstücken nach dem Amt zu tragen. Unwillig kommt der Junge der Aufforderung nach. Eckstein poltert: „Wie alt bist Du denn?“ - „Dreizehn.“ - „Ah, dann gehst Du wohl noch zur Schule? Aber Du bist Kerl genug, den Korb zu tragen. Komm schon!“ Eckstein wird umgehend bewusst, dass Klara Neumeister angegeben hatte, dass Ernst Franke mit seinem ältesten Sohn den Weg nach Röttersdorf überschritten hatte. Aus den Augenwinkeln beobachtet er das Gesicht des Bürschchens. Darin findet er keine Verschüchterung oder Unsicherheit. Eifrig trägt der Sohn die beschlagnahmten Beweisstücke vor seinem Körper.

Schon wenige Schritte vom Wohnhaus der Frankes entfernt, passieren sie die Spalthütte des Webersbruchs. Hier arbeitet Ernst Franke. Vorsichtig schaut der Feldjäger zur Spalthütte hinein. Aufseher Oeser bemerkt den Besucher und kommt zur Tür. Eckstein flüstert: „Ist der Erst Franke hier?“ - „Nein, der ist gerade weg. Er ist abgehauen, ohne sich bei mir abzumelden. Vor kurzem war ein Mädchen hier und hat ihn etwas ins Ohr geflüstert. Gleich darauf, als das Mädchen zum Haus zurückgelaufen ist, hat der Franke den Bruch verlassen und ist hinübergelaufen zum Haus, wo seine Frau davor auf der Bank saß. Dort hat er sich kurz besprochen und ist dann in Richtung Röttersdorf gelaufen. Die Frau ist angeblich krank. Sie sprang auf und folgte ihm noch ein paar Schritte, ist dann aber zum Haus zurückgekehrt.“

Das hatte Eckstein nicht bedacht. Die Zeit, in der er in Beers Wohnung ermittelte, hat die Familie genutzt, um den Vater zu warnen.

Er ärgert sich über dieses Missgeschick. Das will er wieder gut machen. Eckstein bedeutet dem Jungen zu warten und geht ein Stück in die Richtung, in die Franke gelaufen sein soll. Nun hat er doch Glück. Auf der Wegschneise sieht er eine Gestalt. Es sind 50 bis 60 Meter. Das ist Ernst Franke. Er enteilt nach dem nahen Wald. Eckstein brüllt: „Halt! Bleib stehen! Komm sofort zurück!“ Eckstein erkennt, wie der Flüchtige stehen bleibt. Einen Augenblick zögert Franke. Er muss den Feldjäger erkannt haben. Eckstein ruft „Halt, stehenbleiben!“ Kaum ist der Ruf bei Franke angekommen, setzt er seine Flucht fort. Im raschen Lauf, so schnell er nur kann, verschwindet er im Wald. Der starke Nebel hat die Gestalt sofort verschluckt.

Resignierend hebt Eckstein die Schultern. „Ich muss schleunigst in die Stadt und die Vorgänge melden. Wo ist der Bursche?“ Der junge Franke hat den Korb neben der Eingangstür zur Spalthütte abgesetzt und wartet. Er scheint zu grinsen, als Eckstein zurückkommt. Aufseher Oeser ist erregt. „Hier ist gerade der Postabgang. Wenn Sie etwas melden müssen, können Sie die Nachricht beim Boten aufgeben.“

Eckstein schreibt ein Telegramm an den Gendarm in Wurzbach, er möge Ernst Franke verhaften und verhindern, dass Ernst Franke mit seinem Bruder in Röttersdorf Kontakt aufnimmt. Eckstein ist sicher, der Bruder ist ein möglicher Komplize Frankes, wenn der Mylius Matthes dafür nicht in Frage kommt. Eckstein muss verhindern, dass die beiden Brüder sich absprechen.

Wenig später erreichen Feldjäger Eckstein und der junge Franke mit dem Korb voller Beweisstücke die Amtsstube im Rathaus. „Es muss so schnell es geht gehandelt werden. Schutzmann Matthes, gehen Sie nach Röttersdorf und sehen Sie, ob der Franke da ist.“

Eckstein hat den Satz kaum beendet, da ist Matthes auch schon verschwunden. Stolz präsentiert Eckstein dem Gemeindevorsteher seine Funde. Es wird still in der Amtsstube. Eckstein schreibt ein Protokoll. Endlich meldet sich der Junge: „Kann ich wieder nach Hause gehen?“ Eckstein nickt kurz. Der junge Franke deutet eine kurze Verbeugung an und verlässt ohne Gruß das Dienstzimmer.

Als Eckstein mit der Schreibarbeit fertig ist, eilt er zum Telegrafen und setzt seine Meldung zum Amtsgericht nach Gräfenthal ab.

Schutzmann Matthes kommt schon zurück aus Röttersdorf. Wie geht das? Es ist kaum eine halbe Stunde vergangen. Atemlos berichtet er: „Ich habe den Franke bei seiner Mutter nicht angetroffen. Er ist aber dort gewesen. Die Mutter hat gesagt, er wäre bei ihr gewesen und habe Abschied genommen. Er hat geäußert, dass er sich lieber ums Leben bringen würde, ehe er sich vorführen lasse." Eckstein überlegt: ‚Wo kann er jetzt sein?' Matthes ist interessiert. „Ist das nicht der Franke, der schon gestern verhaftet und vorgeführt wurde?" - „Ja, das ist der, den wir bereits am Montag verhaftet haben. Dieser Franke wurde vom Richter mit der Leiche und dem Tatort konfrontiert. Er wusste sich auf alle Fragen reinzuwaschen. So wurde er später wieder entlassen. Nun aber erweisen sich sein Alibi und seine Erklärungen als falsch. Er war am Samstag nicht zu Hause, sondern wurde von Helma Bischoff und dem Dienstmädchen in Richtung Röttersdorf gesehen. Er hat sich seine blutige Beule nicht geholt, weil er mit diesen Korb der Treppe hinuntergestürzt ist. Er hat Blut auf seinem Gehrock, und das stammt von dem Kampf mit Birnstiel. Am Hut ist das Band herabgerissen. Wir haben neben der Leiche ein schwarzes Hutband gefunden. Und Ernst Franke geht gewohnheitsmäßig der Wilderei nach. Das beweisen diese Schlingen und das Fläschchen mit dem Sprengpulver. Ich habe dem Amtsgerichtsdirektor in Gräfenthal telegrafiert. Ich erwarte umgehend, dass er einen Haftbefehl gegen Ernst Franke ausstellt."

Wenige Minuten später kommt der Schießhaus-Gastwirt Louis Unger zu Eckstein. „Ich habe eine Meldung zu machen! Soeben hat mir ein Junge mitgeteilt, der Franke stecke in dem oberhalb des Schießhauses befindlichen Dickicht. Von dort aus geht er ab und zu ins Freie und schaut sich um. Ich machte sofort mit mehreren Leuten nach dem Dickicht eine Streife. Den Franke haben wir nicht gefunden."

Der Feldjäger bedankt sich und begleitet Unger hinaus auf die Straße. Dort kommt ihnen direkt ein Handwerksbursche entgegen. Nein, es ist kein Handwerksbursche. Es ist der Fürstlich Reußische Gendarm Grünler aus Wurzbach. Eckstein ist verwundert. „Wozu diese Verkleidung?!" Grünler erklärt, dass er auf Ecksteins Nachricht sofort losgelaufen sei und die Verkleidung dazu diene, dass er möglichst unerkannt durch Röttersdorf gehen könne und seine Ermittlungen nicht sofort bemerkt würden. Eckstein muss lachen. „Der Franke ist vielleicht schon wieder bei seine Mutter zurück." Grünler macht kehrt und geht zurück. „Ich gehe hin und hole ihn!"

Gendarm Grünler hatte gegen Mittag in Wurzbach die Nachricht Ecksteins sorgfältig gelesen: Es ist Ernst Franke zu verhaften. Stehenden Fußes machte er sich verkleidet als Handwerksbursche auf den Weg. Am Ortsrand begegnet er dem Louisengrüner Forstwart Friedrich Rosenberger, den er nach Franke befragt. Er erhält die Auskunft, dass Franke schon einige Jahre nicht mehr in Röttersdorf wohnen würde. Das ist Grünler selbstverständlich bekannt. Weiter erfährt er, dass er in der Nähe des Wohnhauses seiner Mutter in Oßla gesehen wurde. Das ist ein wichtiger Hinweis. Doch er trifft den Ernst Franke nicht an, und die Mutter Johanna weiß auch nicht, wo er sich aufhält.

Nun, nachdem Grünler bei Eckstein seine Erfolglosigkeit gemeldet hatte, ist er zurück und erneut vor dem Haus der Mutter angelangt. Grünler kennt Franke schon länger. Trotzdem Franke nicht sehr groß ist, hat er aber eine kräftige Statur. Er ist Schieferarbeiter, und es wird ihm nachgesagt, dass er bisher aus jeder Auseinandersetzung souverän hervorgegangen wäre. Den habe noch keiner geworfen. Zur Unterstützung seiner Amtshandlung holt Grünler sich den Ortsvorsteher dazu. Er klopft nicht und sagt auch nichts. So wie er ankommt, betritt er ruhigen Schrittes das Haus und die Wohnküche. Glück gehabt. Ernst Franke steht vor dem Küchentisch und trinkt Wasser aus einem Glas. Seine Mutter sitzt schräg hinter ihm am Tisch. Der Gendarm schließt hinter sich die offene Küchentür. Der einzig mögliche Fluchtweg im Rücken des Gendarmes ist versperrt. Grünler macht zwei große Schritte, nimmt dem verdutzten Franke das Glas aus der Hand und lässt beide Handfesseln zusammenratschen. Klick, klick.

Wortlos und sichtlich erstaunt blickt Franke den Gendarm an. „Ernst Franke, Sie sind hiermit verhaftet. Über die Folgen eines Fluchtversuches brauche ich Sie nicht aufzuklären. Kommen Sie!“ Ernst Franke steht vor Erstaunen der Mund offen. Grünler greift zwischen den Händen Frankes nach dessen Hosenbund. Zwei geschickte Griffe, so zieht er den Leibriemen aus der Arbeitshose. Er steckt sich den Gürtel unter das Revers seiner Joppe. Grünler triumphiert. „Halten Sie Ihre Hose schön fest, Franke! Wir wollen doch nicht, dass die Ihnen in die Kniekehle rutscht und Sie zu allem Überfluss noch hinfallen.“ Nicht ein Wort kommt über Frankes Lippen. Die Mutter hat sich auf ihrem Küchenstuhl nicht gerührt. Sie ist ebenso wortlos wie ihr Sohn. Grünler schiebt Franke vorwärts. Er begibt sich an seine Seite und öffnet die Türen. Franke hält vor sich den Hosenbund fest in den gefesselten Händen. So setzen sich die beiden auf der Landstraße in Richtung Lehesten in Bewegung. Schon bald hat der Nebel ihre Umrisse am Ortsausgang von Oßla verschwinden lassen. In Röttersdorf kommt der große Sohn Ernst Frankes auf Gendarm Grünler zu. Er bettelt, dass sein Vater unschuldig sei und er ihn laufen lassen soll. Der Junge ist nicht abzuschütteln. Hartnäckig begleitet er Grünler und den verhafteten Vater auf dem Transport nach Lehesten.

In der Zwischenzeit hat Eckstein Post bekommen. In einem Kuvert liegen zwei große rote vorgedruckte und sauber ausgefüllte Formulare. Das erste Schreiben lautet:

Haftbefehl.

Der Schieferarbeiter Ernst Christian August Franke, 45 Jahre alt, gebürtig aus Röttersdorf z.Z. auf dem Webersbruch – Lehesten wohnhaft welcher verdächtigt ist, den Herzogl. Forstwart Birnstiel von Brennersgrün am Sonnabend den 20. d.M. auf der Wiese im Rohrbach bei Lehesten ermordet zu haben ist zur Untersuchungshaft zu bringen. Die Untersuchungshaft wird verhängt, weil ein Verbrechen vorliegt und Franke fluchtverdächtig ist. Gegen diesen Beschluß ist das Rechtsmittel der Beschwerde zulässig.

Gräfenthal,
den 23ten Mai 1894.
Herzogliches Amtsgericht,
Abth. I.

Sillich

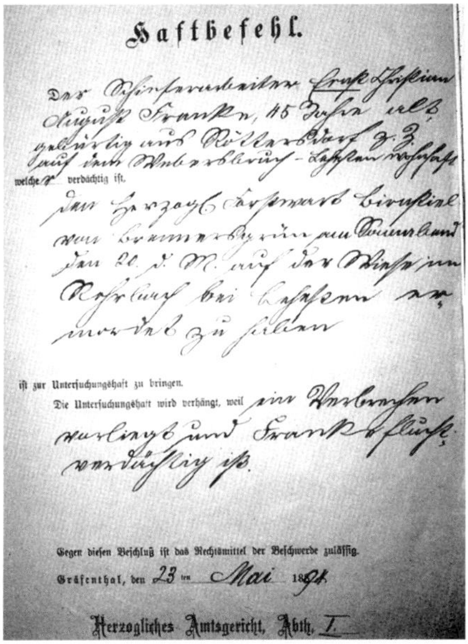
Haftbefehl.

welche[r] ... verdächtig ist,

ist zur Untersuchungshaft zu bringen.

Die Untersuchungshaft wird verhängt, weil ...

Gegen diesen Beschluß ist das Rechtsmittel der Beschwerde zulässig.

Gräfenthal, den 23ten Mai 1894

Herzogliches Amtsgericht, Abth. I.

Eckstein muss schmunzeln. Auch der Herr Amtsgerichtsrat ist nicht fehlerfrei. Das Datum stimmt nicht. Am Samstag war der 19. Mai 1894. Das zweite Formular lautet:

Haftbefehl.

Der Mylius Matthes – genannt Beer aus Röttersdorf jetzt auf dem Webersbruch – Lehesten wohnhaft welcher verdächtigt ist, den Herzogl. Forstwart Birnstiel von Brennersgrün am Sonnabend den 20. Mai auf der Wiese im Rohrbach bei Lehesten ermordet zu haben ist zur Untersuchungshaft zu bringen. Die Untersuchungshaft wird verhängt, weil ein Verbrechen vorliegt und Mylius Matthes -Beer- fluchtverdächtig ist. Gegen diesen Beschluß ist das Rechtsmittel der Beschwerde zulässig.

Gräfenthal,
den 23. Mai 1894.
Herzogliches Amtsgericht,
Abth. I.

Sillich

Der Haftbefehl enthält den gleichen Fehler. Am 20. Mai ist die Mordtat festgestellt worden. Das war aber erst am Sonntag.

Der Gemeindediener Schlegel kommt zu Eckstein mit neuen Nachrichten in die Wachstube. Der Amtsgerichtsrat hat telegrafiert, dass die Untersuchungshäftlinge sofort, nachdem der Haftbefehl vollstreckt wurde, nach Gräfenthal in das Amtsgerichtsgefängnis gebracht werden sollen."

Eckstein seufzt leise: „Das wird heute noch nichts. Zuerst müsste der Franke gegriffen werden." Schlegel wundert sich: „Was ist mit dem?"

Eckstein berichtet, wie er Franke an der Spalthütte auf dem Webersbruch in Richtung Röttersdorf flüchten sah. „Der Gendarm aus Wurzbach soll ihn ausfindig machen. Halte Dich bereit. Das Arrestlokal ist hoffentlich in Ordnung, oder?" Schlegel bestätigt: „Am Montag habe ich alles gerichtet. Nur Einlieferungen gab es bisher keine. Leider." Eckstein erzählt Schlegel, dass er den Matthes morgen in aller Frühe zu Hause verhaften und holen will. Schlegel lacht: „Ja wenn die Untersuchungshäftlinge sofort nach Gräfenthal gebracht werden, brauchen wir hier auch kein Arrestlokal. Das ist doch klar." Eckstein erwidert: „Es sei denn, der Gendarm Grünler bringt den Franke heu..."

Mit einem Male wird die Tür aufgestoßen. Ernst Franke wird in die Amtsstube geschoben. Gendarm Grünler ist einen Kopf größer und blickt über Franke hinweg. „Hier ist er!“

Das plötzliche Erstaunen ist schnell aus Ecksteins Gesicht gewichen. Er muss über den Aufzug Frankes schmunzeln. Grünler winkt ab. „Das ist doch ein alter Trick. So lange der den Hosenbund festhalten muss, kann er mit den Händen nicht anderes machen. Schnell wegrennen kann er so auch nicht. Was bleibt einem übrig, wenn man allein auf weiter Flur einen so ausgebufften Kerl verhaften soll? Nun ist es geschafft. Jetzt bin ich den Kerl endlich los. Ich nehme nur noch die Handfessel ab. Durchsucht ist der Häftling noch nicht. Eckstein, Sie quittieren mir hier schnell auf dem Telegrammformular, dass ich ihn abgeliefert habe. So, das war es wohl? Guten Abend.“

Eckstein staunt immer noch und stammelt: „Ja aber, ... Grünler, wie haben Sie das so schnell erledigt? Der Kerl ist doch nicht ungefährlich.“ - „Reine Routine. Man hat so seine Erfahrungen, nicht wahr? Guten Abend.“ Schon ist er durch die Tür hinausgestürmt.

Es ist schon nach sechs Uhr abends. Eckstein betrachtet den Franke eingehend. „Franke? Warum sind Sie heute beim Webersbruch vor mir ausgerissen, als ich nach Ihnen gerufen habe?“ Franke blinzelt ihn an und überlegt: „Ich wollte nach meinen Sohn suchen. Meine Frau hat zu mir gesagt, dass Sie ihn mitnehmen wollten.“

Eckstein überlegt lange: „Da stimmt aber etwas nicht. Ihr Sohn stand doch neben mir. Da wussten Sie doch, wo er war, und brauchten ihn doch gar nicht suchen. Im Hause Ihrer Mutter haben Sie ihn bestimmt nicht gesucht. Wo haben Sie sich herumgetrieben? Sagen Sie es!“

Ernst Franke antwortet nicht. Er verbringt die Nacht allein und in Fesseln im Arrestlokal der Stadt Lehesten.

Im Amtsgericht Gräfenthal

Es ist Donnerstag, der 24. Mai 1894. Am Vormittag erscheint Feldjäger Eckstein mit dem verhafteten Ernst Franke im Amtsgericht Gräfenthal auf Schloss Wespenstein. Vorschriftsmäßig liefert er ihn im Amtsgerichtsgefängnis in der Fronfeste ab und geht

Mondschein-Litho-Postkarte von **Schloss Wespenstein** um 1900

hinüber ins große Schlossgebäude zu Amtsgerichtsrat Sillich. „Guten Morgen, Herr Amtsgerichtsrat. Ich melde den Vollzug des Haftbefehles gegen Ernst Franke. Ich habe ihn im Gefängnis abgeliefert. Weiterhin bringe ich noch die beschlagnahmten Sachen aus Frankes Wohnung mit. Das sind ein Spankorb, der Rock, der Hut, die Hasenschlingen und der Krug mit dem Sprengpulver."

Sillich ist beeindruckt. Eckstein berichtet weiter: „Und was den zweiten Haftbefehl angeht, den habe ich heute Morgen vollstreckt. Ich habe den Franke aus den Arrestlokal raus und den Mylius Matthes hinein. Beide wollte ich aber nicht zusammen hierher eskortieren. Das war mir zu gefährlich. Im Übrigen glaube ich, dass der Matthes mit dem Mord nichts zu tun hat." Sillich zeigt Überraschung. „Was? Wie kommen Sie darauf?“ - „Nun, es ist doch anscheinend so: Bei der Verhaftung hat er lückenlos seinen Aufenthalt zur fraglichen Zeit am Samstag erklärt. Das muss ich erst genau protokollieren und dann überprüfen, ob er die Wahrheit sagt.“ Sillich bestätigt: „Der Matthes kommt aber hierher. Wir klären das hier. Darauf muss ich bestehen.“ – „Ja sicher, ich bringe ihn heute Abend herüber. Bis dahin weiß ich auch Näheres wegen des Alibis. Aber sehen Sie doch. Die Klara Neumeister hat doch berichtet, dass sie den Ernst Franke mit seinen Sohn, der Richard mit dem Vornamen heißt, gesehen habe, wie sie in Richtung Röttersdorf gegangen sind. Ich hege den Verdacht, dass der Sohn insofern an der Sache beteiligt ist, als dass er seinen Vater bis Röttersdorf begleitet hat. Ich vermute, dass Ernst Franke mit seinem Bruder Hermann zum Tatort gegangen ist. Ich vermute das.“ - „Eine Vermutung hilft uns nicht weiter. Sehen Sie erst einmal zu, dass Sie den Mylius Matthes hierher bringen. Das ist mir wichtig. Dann schauen wir, ob der Bruder als Mittäter in Frage kommt. Ich werde Ernst Franke heute noch eingehend vernehmen. Ich glaube, dass ich von ihm alles erfahre, wer und was mit dem Mord zu tun hat. Noch einmal kann der uns nicht so vorführen, wie vorgestern bei der Befragung in Lehesten.“

Am Abend ist Amtsgerichtsrat Sillich bezüglich des Mordfalles auch nicht klüger. Ernst Franke legt kein Geständnis ab. Er verlegt sich auf die schon bekannten Ausreden. Zu dieser Zeit ist Feldjäger Eckstein mit dem verhafteten Mylius Matthes erneut zur Stelle. Amstgerichtsrat Sillich und Feldjäger Eckstein untersuchen den Matthes auf Wunden und Verletzungen. Die Besichtigung des Kopfes, der Hände und der Arme zeigen kein Resultat. In der Amtsstube erklärt Eckstein: „Nein. Der Mylius Matthes ist nicht an der Sache beteiligt. Er hat seinen Aufenthalt zur fraglichen Zeit lückenlos erklärt, und ich habe dazu die Rückbestätigung eingeholt. Er hat ein Alibi. Aber ich kann ihn doch nicht freilassen. Wird der Haftbefehl aufrecht gehalten?“ Amtsgerichtsrat Sillich ist unwirsch. Das gefällt ihm gar nicht.

Feldjäger Friedrich Eckstein zückt sein Notizbuch und blättert darin hin und her. Dann beginnt er: „Es geht um den Samstag und um den Mylius Matthes, genannt Beer. Am Samstag war die Arbeit auf dem Bruch um drei Uhr beendet. Von drei bis vier war er in der Otto Jahn'schen Bierwirtschaft gewesen, und in der Zeit von vier bis fünf zu Hause auf dem Webersbruch. Zwischen fünf und sechs Uhr will er bei Kaufmann Walther ein Hemd gekauft haben. In der Zeit von sechs bis sieben war er bei Robert Dressel, wo er ihm und dessen Sohn beim Holzmachen zugesehen hat. Von sieben bis acht Uhr war er wieder auf dem Webersbruch bei der Familie Franke, wo aber der Familienvater Ernst Franke nicht anwesend war.

Danach war er von acht bis neun Uhr auf dem Kießlich in der Nähe vom Herrschaftsbruch, wo er mit Albert Dressel Vogelstellerei betrieben haben will. Zum Beweis hat er sich auf folgende Personen bezogen. Sein Aufenthalt bei Walther wird von dem Walther selbst und dessen ungefähr 20jähriger Tochter bestätigt, dass er sich dort zu dieser Zeit ein wollenes Hemd gekauft habe. Der Aufenthalt bei Dressel wird vom Vater Robert Dressel und dem Sohn Albert Dressel bestätigt. Dort habe ich auch den Schieferarbeiter Bernhard und dessen Frau gesehen. Das habe ich aber noch nicht überprüft. Der Aufenthalt auf dem Webersbruch wird nur von der Frau Frankes und den Kindern bestätigt. Andere Zeugen konnte er aber nicht benennen. Der Aufenthalt auf dem Kießlich wird von dem Albert Dressel bestätigt. Sie waren dort zur Vogelstellerei. Dressel bestätigt das ausdrücklich und hat erklärt, dass sie dort einen Vogelbeerbaum herausgerissen und nach Hause getragen hätten. Ich habe bei Dressel so einen Baum gesehen. Wann dieser Baum herausgerissen und nach Hause getragen wurde, kann ich natürlich nicht feststellen. Den Baum könnten sie auch erst am Sonntag früh geholt haben, wo die beiden ebenfalls wieder auf dem Kießlich gewesen sein wollen. Bemerken möchte ich hier noch einmal, dass die Klara Neumeister den Ernst Franke und seinen ältesten Sohn Richard gesehen hat, wie sie den Weg nach Röttersdorf zugegangen sind.

Verdächtig ist jedenfalls, dass der Beer nach sieben Uhr in der Wohnung der Frankes gewesen sein will. Der Sohn, Richard Franke, hat mir gegenüber erklärt, dass er zu dieser Zeit auch dort war, aber den Beer nicht gesehen habe, weil er müde war und schon halb sieben Uhr ins Bett gegangen sei. Sein Vater wollte mit ihm zur Wiese am Geräumig gehen. Er ist aber nicht mitgegangen, weil er eben zu müde war. Auch keiner seiner Brüder sei mit dem Vater mitgegangen. Ich will Ihnen das einmal erklären, Herr Amtsgerichtsrat. Diese Wiese, wo der Franke seiner eigenen Aussage nach gewesen sein will, liegt in einer ganz anderen, nämlich in entgegengesetzter Richtung von der, die Klara Neumeister in ihrer Aussage beschrieben hat. Ich wiederhole meine Vermutung, dass der Franke mit seinem Sohn nach Röttersdorf gegangen ist, den Jungen dort zurückgelassen und gemeinsam mit seinem Bruder Hermann nach der Rohrbachwiese zum Wildern aufgebrochen ist. Die Gendarmerie in Wurzbach ist beauftragt, sich den Hermann Franke anzusehen, alle Einzelheiten zu Ernst Franke und seinem Bruder zu recherchieren und gegebenenfalls eine Haussuchung zu machen. Außerdem sollte bei der Mutter eine Haussuchung gemacht werden, um endlich das zerlegbare Gewehr zu finden."

Sillich unterbricht: „Der Bericht aus Wurzbach kommt ohne Zeitverzug zu mir. Vorher wird der Beer nicht entlassen. Eckstein, ist das klar? Der Beer bleibt jetzt erst einmal hier und wird erst nach seiner Einvernahme auf meine ausdrückliche Anordnung entlassen. Klar?" Eckstein nickt, schaut über sein Notizbüchlein und stammelt: „Hier ist noch eine Meldung des Schutzmann Matthes: „Der Ernst Franke soll nach seiner Flucht vom Webersbruch zuerst bei seiner Mutter gewesen sein. Er habe sich von dort nach der Wiese am Rohrbach begeben und ist dann zurück, weil er Hunger und auch Durst hatte." Sillich ist unruhig. „Gut, das war es dann? Eckstein, denken Sie an den Bericht des Gendarmen aus Wurzbach. Hierher. So schnell es geht."

Amtsgerichtsrat Sillich beginnt am nächsten Morgen sofort mit Matthes Vernehmung. Mylius Matthes erklärt, dass er am vergangenen Sonnabend bis um drei Uhr auf dem Bruch war und von da nach Lehesten ging, um seinen Lohn bei Georg Weber zu holen. In Lehesten hat er für Louis Weber Zigarren gekauft, ist in der Jahn'schen Wirtschaft eingekehrt, zurück zum Bruch gelaufen und hat dort gegen fünf Uhr die Zigarren abgeliefert. Ernst Frankes Frau hat ihm Wurst und Brot mitgebracht. Das hat er sich in der Wohnung abgeholt. Dann ist er mit Frau Franke zum Kaufmann Walther ein wollenes Hemd für 2 Mark 70 kaufen und von da zum Bahnhof gegangen, wo der Robert Dressel, seine Frau und zwei Jungen Holz machten. Als der letzte Zug nach Ludwigstadt schon weg war, das war nach sieben Uhr, ist Mylius Matthes zurück zum Webersbruch und hat in Frankes Wohnung sein neues Hemd anprobiert. Weder am Nachmittag noch am Abend waren der Ernst Franke und der große Sohn Richard in der Wohnung anwesend. Nach acht Uhr ist er mit Albert Dressel zum Vogelstellen auf dem Kießlich gewesen und danach zurück zu Dressels Wohnung. Bis in die Nacht ein Uhr hatte Matthes den Abend in der Jahn'schen Wirtschaft verbracht.

Das erscheint alles glaubhaft und stimmt mit dem Bericht Ecksteins überein.

Sillich macht einen neuen Vorhalt: „Herr Matthes, Sie sind wegen Vogelstellerei vorbestraft?"- „Das ist so. Am Sonnabend und am Sonntagmorgen hatten Dressel und ich einen Erlaubnisschein." Sillich setzt fort: „Hier liegt eine Aussage des Aufsehers vom Webersbruch vor. Sie wären am Montag blutrot angelaufen, als Franke von dort abgeholt wurde?" - „Da muss sich der Aufseher getäuscht haben. Ich wüsste nicht, warum ich das hätte tun sollen, da ich ja ganz unschuldig bin." - „Und warum sind Sie dann in den folgenden Tagen der Arbeit ferngeblieben?" - „Am Montag war ich den ganzen Abend in der Jahn'schen Wirtschaft. Die Burschen hatten ein Fässchen Bier. Ich habe dabei geholfen, das Fässchen zu leeren, weil es bis zum nächsten Morgen schal und schlecht geworden wäre. Danach hatte ich den Katzenjammer und konnte nicht arbeiten."

Unvermittelt und direkt nach dieser Aussage hebt Sillich den Haftbefehl auf. „Herr Matthes, Sie können jetzt gehen." Mylius Matthes ist erleichtert. „Herr Richter, ich möchte noch etwas sagen. Ernst Franke hat keine Flinte. Sein Bruder in Röttersdorf hat eine einläufige Flinte. Das ist aber keine Stockflinte. Am Sonntagabend war ich bei Frankes in der Wohnung. Da habe ich die Kratzwunden bei Ernst Franke gesehen. Ich habe ihn aber darauf nicht angesprochen." Sillich lässt das Protokoll schließen. Mylius Matthes unterzeichnet und Amtsgerichtsrat Sillich und sein Schreiber Nicolai zeichnen gegen. Mylius Matthes Beer ist frei.

Gendarm Grünler aus Wurzbach schickt am anderen Tag seinen schriftlichen Bericht direkt nach Gräfemthal. Amtsgerichtsrat Sillich ist schon ganz aufgeregt und beginnt schnell mit dem Studium des Schriftstückes. Kurz und knapp wird erklärt, dass Gendarm Grünler mit dem Chirurg Bergmann den Schieferarbeiter Hermann Franke und dessen Sohn Elias auf Verletzungen körperlich durchsucht und begutachtet hätten. Sie haben aber nichts gefunden, was auf eine Tatbeteiligung schließen könnte. Festgestellt wurde eine alte Narbe bei dem Vater und bei Elias ein verblichener blauer Fleck, der mindestens 14 Tage alt sein dürfte. Die von Hermann Franke freiwillig eingeräumte Haussuchung habe ein altes unbrauchbares Gewehr und 12 Sprenkeln* hervorgebracht. Hermann und Elias Franke waren am Samstag zusammen mit Nachbarn Maigrün holen. Das wird bestätigt. Die Hausdurchsuchung bei der Mutter Hermine habe nichts ergeben.

Das dürfte die frohen Erwartungen Ecksteins deutlich dämpfen und den Verdacht, den er gegen Frankes Bruder hegte, endgültig ausräumen. Sillich brummelt vor sich hin: „Na, das war wohl nichts." Amtsgerichtsrat Sillich ist missgestimmt.

Trotz täglicher und langer Verhöre Ernst Frankes gibt es kein Geständnis. Auch in den folgenden Tagen kann Ernst Franke die Beschuldigungen gegen sich abweisen.

Fast eine Woche befindet sich Ernst Franke in Untersuchungshaft. Am Dienstag, dem 29. Mai 1894, erscheint aus freien Stücken die Ehefrau Ernst Frankes, Emilie Franke, geb. Pilz, auf der Gerichtsschreiberei des Herzoglichen Amtsgerichts Gräfenthal. Auf ihr Verlangen, die Sache ihres Mannes betreffend, wird von Gerichtsschreiber Nicolai folgendes niedergeschrieben. „Mein Mann, der des Mordes verdächtig in Haft gebracht ist, ist unschuldig. Verletzungen, die er an sich hat, hat er sich bei einem Sturz von der Bodentreppe am Sonntag früh, als er Holz zum Kaffeekochen holen wollte, zugezogen. Der Aufseher Louis Weber, der im gleichen Haus wohnt, muss das Rumpeln gehört haben. Ich bitte, ihn als Zeuge zu hören. Die Familie hatte eine Maitour nach dem alten Feld geplant. Der Plan zu dieser Tour wurde aber wegen der Verletzungen des Mannes aufgegeben. Am Sonnabend war Ernst Franke auf der Wiese Webers auf dem sogenannten Geräumig und übte dort die Aufsicht aus. Gegen sieben Uhr kam er zurück und legte sich nieder. Das muss der Weber bezeugen. Wir sind vier Jahre auf dem Webersbruch. Es kann uns niemand etwas Unrechtes nachsagen."

Aufseher Louis Weber kann von dem, was Frau Franke zu Protokoll gegeben hat, nichts bestätigen. Weder hat er ein ‚Rumpeln' gehört, noch hat er Franke mit der Aufsicht auf seiner Wiese im Geräumig beauftragt.

Am 31. Mai 1894 kann man im Amtsgericht Gräfenthal aufatmen. Der Mordfall Birnstiel ist endlich vom Tisch.

Eine neue Spur

Plötzlich wendet sich die Lage. Feldjäger Eckstein wird zum Schultheiß Magnus Brödel nach Brennersgrün gerufen. Brödel präsentiert Eckstein einen Papierfetzen. „Das hat ein Waldarbeiter am Straßenrand auf der Chaussee kurz vor Lehesten gefunden. Ich finde es sehr beachtlich. Ich dachte mir, das kann eine neue Spur sein und der Sache wohl eine unverhoffte Wendung geben."

Feldjäger Eckstein schaut. Er hält ein bräunlich vergilbtes Papier von zirka 10 mal 17 Zentimetern in den Händen. Beide Seiten sind mit Bleistift beschrieben. Das meiste der Aufzeichnungen ist nur schwach zu lesen. Er tritt mit Mangnus Brödel vor die Haustür, um im hellen Sonnenlicht die dünne Schrift besser erkennen zu können. Er versucht zu entziffern: ‚*Dem nächsten Forstwart geht es nicht viel besser wie Birnstühl*'.

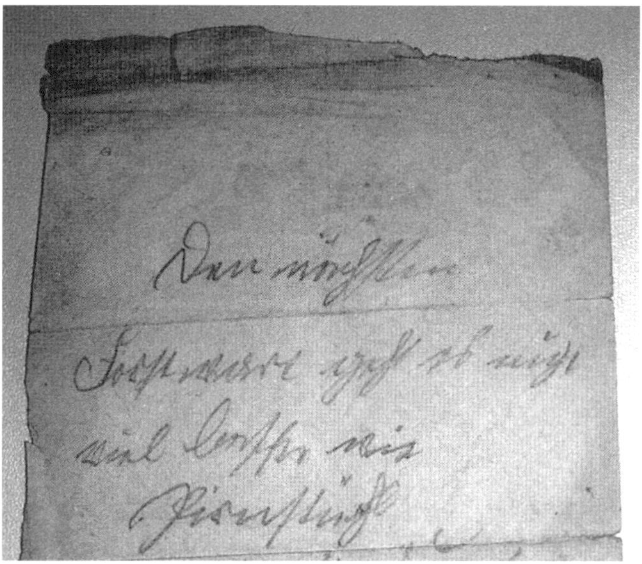

Oh, eine Drohung? Eckstein bemerkt: „Das ist eine krakelige Schrift und ein rechter Zusammenhang will mir nicht erscheinen. Hier, unter dem Strich geht es dann weiter: ‚*die wir sind unsere Acht am Tage gehen wir ganz sacht am Abend kommen die Forstleut Komm da haben wir strafbare Freude daran*'. Dann ist wieder ein Strich und hier steht: ‚*Sterben müßt ihr noch alle.*'

Eckstein wendet das Blatt. Lange schaut er und wiegt seinen Kopf. „Hier erkenne ich zunächst eine Zeichnung. Das sind zwei Rechtecke von unterschiedlicher Größe. Diese Zeichen da könnten heißen, 6 Zentimeter tief und 5 Zentimeter breit und unten noch einmal 7 Zentimeter breit. Was soll das heißen: ‚*Hintergeb ich das ist ein danner Arbern gewesen*'? Oder so ähnlich. Das gibt für mich keinen Sinn. Dann steht da ganz dünn: ‚*Hoz*' und weiter geht es, wieder etwas dicker geschrieben: ‚*Unser gefangnes Wild kann noch Lauern*'. Und ganz unten steht ganz deutlich und sauber geschrieben: ‚*Emil Peetz*'.

Weder Feldjäger Eckstein noch Schultheiß Brödel können das Geschriebene enträtseln. Brödel braust auf: „Aber die Drohung gegen den nächsten Forstwart, und ‚ihr müßt alle sterben' und das mit dem gefangenen Wild zeigt doch, wo das herkommt. Für mich kommt das von den Röttersdorfer Wilderern. Das ist eine Bande, der alles zuzutrauen ist. Wenn Sie mich fragen, Eckstein, haben die auch den Birnstiel auf dem Gewissen, und nicht der Franke."

Eckstein will der Sache mit allem gebotenen Eifer nachgehen. „Einen Emil Peetz kenne ich nicht, der Name ist mir so nicht geläufig. Fällt Ihnen etwas ein?" Magnus Brödel blinzelt den Feldjäger an. „Ein Brennersgrüner ist das jedenfalls nicht."

Solange Feldjäger Eckstein auch das Blatt betrachtet, einen schlüssigen Sinn findet er nicht. Den Namen Emil Peetz kennt man nicht in Lehesten. Auch Gendarm Grünler forscht in Röttersdorf und Oßla nach Emil Peetz. Nichts. Selbst in Wurzbach findet sich kein Mann, der diesen Namen trägt.

Die ersten Geständnisse in Rudolstadt

Am 31. Mai wird die Voruntersuchung des Mordes an Forstwart Birnstiel beim Herzoglichen Amtsgericht Gräfenthal abgeschlossen und der Staatsanwaltschaft bei dem Gemeinschaftlichen Landgerichte zu Rudolstadt übertragen.

Bereits am 26. Mai 1894 wurden Unterlagen, Beweisstücke und Kostenrechnungen nach Rudolstadt übersandt. Die Liste der Beweismittel umfasst 14 Punkte:

eine doppelläufiges Gewehr mit Lederriemen und in den Läufen befindlichen 2 Patronenhülsen (vom Forstwart Bürger bei seiner Vernehmung am 21. Mai als das Birnstielsche bezeichnet)

1 Etuis mit Fernglas (das Etui ist augenscheinlich etwas angekohlt) und offenbar dazugehörigen Schnallentheilen.

ein Vergrößerungsglas, etwa 6 Cmtr. Lang

eine Blechhülse mit Glas, scheinbar zu dem Fernrohr gehörig

ein Taschenmesser

eine Haarbürste

ein Taschenrohr mit Rille

ein Portemonnier mit Inhalt (2 Uhrschlüssel, 3 Zwei- und 4 Einpfennigstücke, 1 Gedenkmünze, einem nicht erkennbaren Geldstück, ein Stückchen Horn, ein Stückchen Papier, 2 Versicherungsmarken á 14 Pfg.)

das bei der Birnstiel'schen Leiche gefundene Eisenstückchen die Birnstiel'schen Kleider, nämlich Hut, Joppe, wollenes Hemd, Hose, Unterhose, Hosenträger, Schuhe, Strümpfe

ein Glas mit einem der Leiche entnommenen Stückchen Ader

3 Schrotkörner

1 Packetchen mit Papierpfropfen

1 von dem Herrn Amtsgerichtrath Sillich bei der Besichtigung gefundenes Stückchen Papier

Der Sack, worin sich die Kleider befinden, gehört dem Schutzmann Matthes in Lehesten: Es wird gebeten, denselben an Letzteren zurückzusenden.

Bis zum 31. Mai ist es noch immer nicht gelungen, den Mord an Forstwart Birnstiel aufzuklären. Der erste Staatsanwalt, Landrichter Dr. Bleichardt, hat den Fall an sich genommen und Staatsanwalt Kümpel mit der Fortsetzung der Voruntersuchung beauftragt. Ernst Franke befindet sich immer noch in Haft im Amtsgerichtsgefängnis Gräfenthal. Ein Eingeständnis der Tat hat Franke bisher nicht abgegeben.

Da trifft bei der Staatsanwaltschaft in Rudolstadt eine Meldung von Gendarm Grünler aus Wurzbach ein. Darin meldet er gehorsamst, dass ihm der Feldjäger Eckstein mitgeteilt habe, dass der Sohn Richard des verhafteten Franke den Schieferarbeiter Moritz Hertwig beauftragt habe, er möge doch dem Schieferdecker Moritz Liebmann in Oßla mitteilen, er solle, wenn der Gendarm käme und nachfragte, nicht sagen, dass es eine Stockflinte gewesen sei. Auf Grund dieser Mitteilung hat Grünler den Liebmann befragt. Liebmann habe angegeben, dass es wahr sei, dass Moritz Hertwig genau diesen Auftrag von Richard Franke erhalten habe. Hertwig habe es überall erzählt. Zur fraglichen Stockflinte befragt, habe Liebmann angegeben, dass im Herbst vergangenen Jahres der Ernst Franke aus Lehesten zu ihm gekommen sei, um ihm eine Flinte abzukaufen. Er habe eine ausgewählt und diese probeweise mitgenommen. Da Liebmann aber kein Geld bekam, lies er die Flinte durch den schon erwähnten Moritz Hertwig wieder abholen.

Um die vergangenen Weihnachtsfeiertage herum kam der Ernst Franke abermals zu Liebmann. Er kaufte für 12 Mark eine zerlegbare Flinte. Bei dieser Flinte brauche man nur eine Feder zu drücken und schon löse sich der Lauf von dem Schaft. Den Schaft kann man bequem in eine größere Rocktasche stecken, und der Lauf lässt sich als Spazierstock verwenden. Auch habe Liebmann versichert, dass er die von ihm verkaufte Flinte jederzeit wieder erkennen würde, wenn man diese ihm vorlegen würde.

Staatsanwalt Kümpel ordnet dieser Aussage höchste Bedeutung bei. Die erwähnte Flinte passt genau mit dem Ergebnis der Leichensektion zusammen. Für ihn ist Ernst Franke der Mörder. Da kann er noch so lange leugnen. Die Last der Beweise erscheint dem Staatsanwalt völlig ausreichend. Das Beste wird sein, Frankes Untersuchungshaft wird in Rudolstadt fortgesetzt, damit er Tag und Nacht für Verhöre und Ermittlungen verfügbar ist. Die eine Woche Haft in Gräfenthal hat seinen Zweck überhaupt nicht erfüllt. Franke gesteht nicht, und man wird ihn dort auch nicht zum Reden bringen. So will Kümpel es nun selbst versuchen.

Am 2. Juni 1894 wird Ernst Franke unter starker Bewachung mit dem Fuhrwerk nach Rudolstadt überstellt. Kümpel glaubt sich nun am Ziel. Fast täglich lässt er Franke aus der Untersuchungshaft zum Verhör vorführen. Jeder Vorhalt wird von Franke widersprochen, jeder Beweis wird negiert.

Das vorläufig letzte Verhör beginnt am 4. Juni 1894. Landrichter Dr. Bleichardt führt es persönlich. Stundenlang macht er Ernst Franke die verschiedenen bekannten Vorhaltungen. Gerichtsschreiber Dressel protokolliert das vorgeschriebene Formblatt und weitere 8 Seiten. Die Zeit reicht nicht aus.

Am 5. Juni wird das begonnene Verhör fortgesetzt. Wieder vergeht ein ganzer Tag, und es werden 9 Seiten Protokoll abgefasst. Die Ausflüchte Frankes sind fadenscheinig und belegen weder ein Alibi, noch kann er in irgendeiner Weise das Gegenteil beweisen. Die wiederholten Vorhalte und der nun erbrachte Beweis, dass Ernst Franke zur Tatzeit im Besitz eines zerlegbaren Gewehrs gewesen ist, veranlassen ihn zu keinem Geständnis. Ernst Franke bleibt ein harter Brocken. Es ist nichts aus ihm herauszubekommen. Oder, ist wirklich alles nur ein Irrtum? Haben Feldjäger Eckstein, Amtsgerichtsrat Sillich und Staatsanwalt Bernhardt die falsche Spur verfolgt? Alle Indizien deuten auf Ernst Franke. Der Kreis der möglichen Täter ist jedoch immer noch groß. War es am Ende doch der Bruder Frankes?

Am 7. Juni ist es endlich soweit. Ernst Franke wird Dr. Bleichardt vorgeführt und zur Wahrheit ermahnt. Ernst Franke erklärt, ein Geständnis ablegen zu wollen. Die Fakten und Eingeständnisse sprudeln nur so aus ihm heraus. Gerichtsschreiber Linke hat Mühe, mit seinen schriftlichen Aufzeichnungen den Einlassungen Ernst Frankes zu folgen. „Ich will ein Geständnis ablegen! Am Sonnabend, dem 19.Mai, bin ich, es wird so gegen ¼ 6 Uhr gewesen sein, mit meinem Sohn Richard in den Wald gegangen, um Schwämme zu suchen. Ich nahm das von Liebmann in Oßla gekaufte Gewehr mit, um etwaigen Angriffen des mit mir zusammen wohnenden Louis Weber begegnen zu können."

Bleichardt denkt sich, dass das eine Ausrede ist. Doch will er den Redefluss jetzt nicht unterbrechen.

„Ich hatte das Gewehr zuvor mit Schrot geladen. Den Kolben des Gewehrs hatte ich in die linke Seitentasche meines Rockes gesteckt, den Gewehrlauf benutzte ich als Stock. Der Lauf ist so eingerichtet, dass man ihn ohne Gefahr und ohne Schmutz hineinzubringen als Stock gebrauchen kann. Auf den unteren Teil des Laufes wird ein Holzstecken gesteckt und auf den oberen Teil ein Stockgriff." Ernst Franke erklärt nun, wie er mit seinem Sohn nach der Rohrbachwiese gelangt ist. Dort bei der Wiese am alten sogenannten Panzersbruch habe er zwei spielende Hasen bemerkt und seinen Sohn darauf aufmerksam gemacht. „Ich sagte noch zu meinem Jungen: ‚Guck, da spielen ein paar Hasen'. Ich sagte dann aber, wir wollen nach Hause." Sein Sohn hätte ihn darauf aufmerksam gemacht, dass da ein Mann käme.

Als er sich herumdrehte, sah er einen großen kräftigen Mann in Jägeruniform mit einem über die Schulter getragenen Gewehr. Unvermittelt habe der Mann ihn an der Brust ergriffen, gefragt, was er hier mache und was er unter dem Rock tragen würde. Er griff in seine Taschen und holte zunächst von rechts seine Schnupftabaksdose und dann von links den Gewehrkolben hervor. Er sagte: ‚Der hat weiß Gott eine Flinte'.

Den als Gehstock gebrauchten Gewehrlauf hat er wohl nicht erkannt. Dann habe ihn der Mann sofort hinterrücks niedergeworfen. Ernst Franke nimmt an, dass der Mann nach dem Gewehrlauf gesucht hätte. Den von dem Mann unerkannten Gewehrlauf habe er unbemerkt nach der Seite werfen können. Franke wäre dem Mann unterlegen gewesen, der ihn ziemlich rüde bearbeitet hätte. Sein Junge, Richard, habe einige Schritte davon gestanden und habe zu dem Forstbeamten gesagt, dass er bitte seinen Vater loslassen solle.

Ernst Franke habe mit dem Gewehrkolben auf die Stirn des Jägers und sein Sohn auf den Hinterkopf des Jägers eingeschlagen, aber erst nachdem der Jäger mit seinem Gewehr den Vater und auch seinen Sohn in die Seite und an den Kopf geschlagen habe.

Ernst Franke hätte am Kopf geblutet, und auch dem Jäger lief Blut am Gesicht herunter. Dann habe Franke nichts mehr gesehen, weil das Blut ihm in die Augen lief.

In der Zwischenzeit muss wohl der Sohn das Gewehr zusammengesetzt haben, womit er Bescheid wusste. „Der Jäger richtete sich ganz auf und zog mich mit in die Höhe, da geschah ein Schuss und der Jäger knickte zusammen, hielt mich aber noch und drückte mich nieder. Das dauerte einen Augenblick, dann ließ er mich los und sank auf die Seite. Mein Junge hatte ihn mit meinem Gewehr aus nächster Nähe in die Seite geschossen. Der Jäger hat nichts gesagt; wenn die Worte: ‚Ach Gott, ach Gott' gehört worden sind, so sind sie von mir ausgesprochen worden. Ich rief meinem Jungen zu: ‚Junge, was hast du gemacht?' Er entgegnete ‚Ich habe ihn in die Seite geschossen'. Ich hielt den Jäger nicht für tot."

Das Doppelgewehr des Jägers habe er schräg nach oben einmal abgeschossen und wieder auf die Wiese gelegt, wo er es zuvor aufgehoben habe. Wie das Gewehr des Jägers in den Wald gekommen sei, will Ernst Franke nicht wissen. Sein Sohn habe ihm nach dem Verlassen der Rohrbachweise erzählt, dass der ganze Flintenkolben auseinander sei. Ihnen wäre klar gewesen, dass das ganze Gewehr verschwinden müsse, und so haben sie es in der Nähe des Webersbruchs bei dem Geräume unter einem Busch mit den Händen vergraben.

Landrichter Dr. Bleichardt atmet auf. Endlich gibt es ein Geständnis. Was daran wahr und was daran falsch oder fraglich ist, kann er jetzt noch nicht beurteilen. Er legt eine kleine Pause ein und eilt zu Staatsanwalt Kümpel. Bleichardt stürmt in seine Amtsstube: „Das Eingeständnis ist endlich da. Ernst Franke ist zumindest an der Mordtat beteiligt, und er gibt es zu. Viele Fragen bleiben offen und neue Fragen sind aufgeworfen. Der Sohn Richard hat auf den Forstwart geschossen. Kümpel, erlassen Sie einen Haftbefehl und leiten Sie alles ein, damit der Sohn sofort hierher gebracht wird."

Ohne eine Antwort abzuwarten, ist Dr. Bleichardt schon wieder draußen. Staatsanwalt Kümpel diktiert dem Schreiber:

Haftbefehl.

Der Schulknabe Richard Franke auf dem Webersbruch bei Lehesten, welcher dringend verdächtig ist, den Herz. Forstwart Birnstiel von Brennersgrün am Sonnabend den 20. April d.J.s auf der Wiese im Rohrbach b. Lehesten in Gemeinschaft mit Anderen ermordet, bezw. dem Mörder durch That zur Begehung des Verbrechens wissentlich Hülfe geleistet zu haben ist zur Untersuchungshaft zu bringen. Die Untersuchungshaft wird verhängt, weil ein Verbrechen vorliegt und deshalb bei der Schwere der That Fluchtverdacht begründet ist. Gegen diesen Haftbefehl ist das Rechtsmittel derBeschwerde zulässig.

Rudolstadt,
den 6.ten Juni 1894.
Der Untersuchungsrichter
des gemeinschaftlichen
Landgerichts

Kümpel

L.G. Formular Nr. 217.
Haftbefehl
(§§112 bis 114 St.P.O.)
- Untersuchungsrichter.

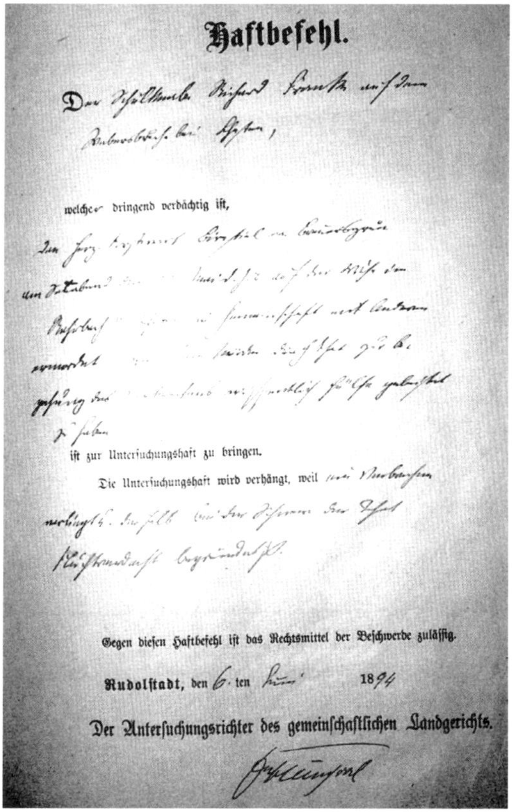

Haftbefehl.

welcher dringend verdächtig ist,

ist zur Untersuchungshaft zu bringen.

Die Untersuchungshaft wird verhängt, weil

Gegen diesen Haftbefehl ist das Rechtsmittel der Beschwerde zulässig.

Rudolstadt, den 6. ten 1894

Der Untersuchungsrichter des gemeinschaftlichen Landgerichts.

Dr. Bleichardt ist bei Ernst Franke zur Fortsetzung der Vernehmung zurück. Im Beisein des geständigen Vaters diktiert Bleichardt dem Schreiber den Text eines Telegramms. Telegramm: Feldjäger Eckstein in Lehesten. Richard Franke auf Webersbruch verhaften und hierher zuführen. Untersuchungsrichter.

Bleichardt hat weitere Fragen an Ernst Franke. Doch der macht keine weiteren Einlassungen. Er erklärt, niemals gewildert zu haben. Auch das Reh vom Himmelfahrtstag gehe nicht auf seine Kappe. Das Gewehr habe er zur Verteidigung gegen den Louis Weber gekauft. Auf den Vorhalt, warum er eine Stockflinte, welche er nicht bezahlt und wieder zurückgegeben habe, erworben hat, sagt Franke nichts. Diese Stockflinte hatte er schon besessen, bevor der Louis Weber in das Haus am Webersbruch eingezogen sei. Der Frau und den anderen Kindern habe er zunächst nichts von dem Zwischenfall erzählt. Erst an dem Tage, als Feldjäger Eckstein den Jungen abgeholt hat, habe er seiner Frau Selbstmordgedanken geäußert.

Am 8. Juni trifft Feldjäger Eckstein mit dem verhafteten Schuljungen Richard Franke bei der Haftanstalt in Rudolstadt ein. Er übergibt den Delinquenten dem Wachpersonal und lässt sich seinen Transportschein unterzeichnen. Dann geht es hinüber ins Landgericht.

Friedrich Eckstein erstattet Staatsanwalt Kümpel Bericht über seine Ermittlungen, die er nach Erhalt der Telegrammbotschaft zur Verhaftung des Richard Franke erhoben hat: „Frankes sind als Wilderer bekannt. Es ist aber nichts bekannt, dass Ernst Franke Wildbret verkauft oder in der Familie verzehrt hätte. Ernst Franke hat eine leichtlebige Natur. Er ergab sich öfters in Bier- und Schnapsgenüssen und verschwendete den größten Teil seines Lohnes.

Er treibt sich sonntags gewöhnlich im Wald herum, mitunter Schwämme suchend, aber auch zum Vogelstellen und dergleichen. Dabei nimmt er gern seinen ältesten Sohn Richard mit. Der

Röttersdorfer Lehrer taxiert, dass Richards Erziehung äußerst mangelhaft erscheint. Zur Anfertigung seiner Schularbeiten schien er allerdings angehalten worden zu sein. Er habe aber in der Schule ein verlogenes Wesen zur Schau getragen und konnte seinem Lehrer nicht offen und ehrlich ins Auge schauen.

Seit etwa 5 Jahren haben die Eltern Röttersdorf verlassen und sind nach Lehesten verzogen. Dass sich während dieser Zeit die Familienverhältnisse beziehungsweise die Erziehungsweise des Richard Franke in irgendeiner Weise verbesserten, ist nach Ansicht des Lehrers völlig auszuschließen. Ich habe das Zensurbuch Richard Frankes vom Lehrer eingezogen. Hier ist es. Der Lehrer bezeichnet Richard als durchschnittlichen Schüler und als ganz verwegenen Burschen.

Das bestätigt mit absolut den gleichen Worten der Louis Weber, der mit Frankes im gleichen Haus zusammen wohnt. Louis Weber hat mir erzählt, dass er im Frühjahr, vor einigen Wochen, im Haus eine Prügelei mit dem Vater hatte. Während der Auseinandersetzung habe der Richard seinem Vater einen Holzscheit zum Zuschlagen beigetragen. Es ist aber nichts weiter passiert, da die Prügelei inzwischen vorbei war. Der Ernst Franke hat sich mit seinen Sohn Richard in seine Stube zurückgezogen und Weber habe selbst gehört, wie der Richard zu seinem Vater gesagt hat: ‚Geh´ doch rüber und schlage den Kerl tot'. Dann habe Weber nichts mehr gehört, weil die Tür zur Stube geschlossen wurde."

Staatsanwalt Kümpel macht sich eifrig Notizen, und plötzlich horcht er auf, als Eckstein berichtet: „Wir haben da noch ein solches Flugblatt gefunden. Es ergibt keinen Sinn. Nur die Förster werden darin bedroht. Die Unterschrift ist offensichtlich falsch." Kümpel greift nach dem Papierfetzen, den ihm Eckstein entgegenhält. Er schaut lange darauf. Kümpel meint nur kurz: „Ach was. Jetzt, wo wir ein Geständnis haben, ist das ohne jede Bedeutung. Das ist ein übler Scherz. Ich werde dieses Flugblatt zu den Akten nehmen und zu gegebener Zeit darauf verweisen."

Noch am gleichen Tage wird Richard Franke aus der Haft dem Landrichter Dr. Bleichardt vorgeführt. Der verkündet den Haftbefehl und erklärt, dass die Voruntersuchung gegen den Schulknaben Richard Franke eröffnet sei. Richard erhält die Gelegenheit, sich zum Tatvorwurf zu äußern: „Ich war es nicht. Ich bin unschuldig." Dr. Bleichardt zieht die Augenbrauen nach oben. Der Junge besticht mit sicher gewählten Worten und fester Aussprache. Das hat Dr. Bleichardt noch nicht erlebt. Richard Franke ist 13 Jahre alt und vom Alter her somit noch ein Kind. Die kleine Gestalt mag zu seinem Alter passen. Aber seine äußere Entwicklung lässt ihn etwas älter erscheinen. Dr. Bleichardt und Richard Franke sitzen sich nur wenige Augenblicke gegenüber, und doch muss Bleichardt bald erkennen, dass dieser Richard Franke mit seinem Auftreten und seiner Erscheinung einen fast erwachsenen und überdurchschnittlich lebenserfahrenen jungen Mann verkörpert.

Dr. Bleichardt nimmt das Protokoll der letzten Vernehmung Ernst Frankes zur Hand und hält Richard Franke einen Satz daraus vor: „Mein Junge hatte ihn mit meinem Gewehr aus nächster Nähe in die Seite geschossen."- „Ich war es nicht. Ich bin mit meinem Vater am 19. vorigen Monats nicht in den Wald gegangen, da ich Turnstunde hatte." Landrichter Dr. Bleichard überlegt lange. Kann es sein, dass der Vater den Sohn der Tat bezichtigt, weil er glaubt, dass dieses Kind nicht schuldfähig ist? Wer gab den letztendlich tödlichen Schuss auf Birnstiel ab? War es doch der Vater? Bleichardt will es dem Kind glauben. Doch es bleiben Zweifel. Wenn Ernst Franke, so wie er sagt, im Kampf mit dem Forstwart in eine solche bedrohliche Lage geraten ist, dass der Sohn keinen anderen Ausweg gefunden hat, seinem Vater, seinem Vormund, mit aller und letztendlicher Kraft zur Seite zu stehen, dann mag es möglich sein. Diese Möglichkeit besteht. Der Vater wird doch nicht ohne Grund sein eigen Fleisch und Blut eines Mordes bezichtigen. Das macht ein Vater nicht. Wie mag es wirklich gewesen sein? Bleichardt erkennt: Vater und Sohn besitzen Raffinesse. Diese gilt es zu erkennen und auszuschalten. Nur so wird die Wahrheit zu Tage treten. Dr. Bleichardt will den Verhörtermin für heute absetzen. Er will sich gründlicher vorbereiten. Die weitere Haft wird Richard Franke zermürben.

Abschließend konfrontiert Dr. Bleichardt Richard Franke mit den Aussagen Klara Neumeisters und Helma Fischers. Unerwartet und plötzlich ist alles anders. „Ja, ich will es sagen. Ich bin mit meinem Vater in den Wald gegangen. Wir wollten in die Schwämme gehen. Mein Vater hat sein Gewehr mitgehabt. Ob er es schon zu Hause geladen hat, habe ich nicht gesehen. Das Gewehrrohr hatte mein Vater in der Hand und den Kolben in die Innentasche gesteckt. Wir hatten uns eine Weile am Rand der Rohrbachwiese hingesetzt. Als wir aufstanden und schon wieder nach Hause gehen wollten, kam leise und geräuschlos ein Mann hinter uns her. Ohne dass es vorher einen Zweck gegeben hätte, hat er uns überfallen und ist auf uns losgestürzt. Ich habe gesehen, dass es ein Forstwart war. Seinen Namen kannte ich nicht. Er kam auf uns zugesprungen, fasste meinen Vater mit beiden Händen an der Brust und fragte: ‚Was machst Du da?‘ Er hat meinen Vater dann nach hintenüber niedergeworfen, geprügelt und mit dem Gewehrkolben geschlagen. Der Forstwart fühlte meinen Vater an der Seitentasche und sagte: ‚Weiß Gott, der Kerl hat ein Gewehr!‘ Er hat meinen Vater herumgezerrt und noch mehr geprügelt. Der Forstwart hat meinen Vater mit dem Kolben in die Seite und mit der Faust auf den Kopf geschlagen. Als ich den Kolben und den Gewehrlauf meine Vaters wegholen wollte, hat der Forstwart mit dem Gewehrkolben auch mir heftig in die Seite gestoßen. Ich habe den Kolben neben den Lauf auf den Rand des Grabens gelegt.“

Dr. Bleichardt macht nun Richard Franke den entscheidenden Vorhalt: „Dein Vater gibt Dir die Schuld, den Forstwart erschossen zu haben!“ - „Das war so. Ich habe auf den Forstwart geschossen. Ich habe aber keine Schuld. Ich hatte das Gewehr zusammengesteckt und bin damit auf den Forstwart zugegangen. Als ich in seine unmittelbare Nähe kam, ging der Hahn los. Es hat nicht lange gedauert und er hat sich übergelegt. Ich hielt ihn für tot. Wir sind dann fort."

Bleichardt ist erleichtert. Die Aussagen von Vater und Sohn sind vom Grunde her gleichlautend. Irritierend ist bisher nur, dass der Junge den Schuss zugibt, dafür aber keine Schuldgefühle zeigen mag. Bleichardt resümiert: „Du hast den Forstwart aus nächster Nähe erschossen." Richard Franke antwortet ruhig: „Ich habe den Forstwart nicht erschossen. Ich wusste nicht, dass Vaters Gewehr geladen war. Der Hahn ging los." - „Du kennst das 5. Gebot?" - „Ja das kenne ich." - „Wie lautet es?" - „Du sollst nicht töten." - „Hat Dir die Tötung des Forstwarts Birnstiel, einem Familienvater, denn nicht sehr leid getan?" - „Es tut mir leid." - „Hast Du über Deine Tat Reue empfunden?" - „Ich habe es schon bereut." - „Hast Du Deinem Geständnis nichts mehr hinzuzufügen? Möchtest Du es nicht erweitern?" - „Nein." - „Du hast allein den Kolben mit dem Lauf zusammengesetzt?" - „Ich habe es probiert. Ich habe das Gewehr zusammengesetzt." - „Dann hast Du die Ladung und das Zündhütchen gesehen?" - „Nein. Ich habe gar nicht hingeschaut, ob ein Zündhütchen drauf war. Ich wollte ihn überhaupt nicht erschießen." Nun legt Dr. Bleichardt den Entladestock und die Papierpfropfen vor. „Diesen Entladestock habe ich noch nie gesehen. Den kenne ich nicht. Die Papierpfropfen sind nicht von uns."

Das reicht Dr. Bleichardt fürs erste, obwohl er glaubt, dass die Darstellungen des Sohnes nur zum Teil richtig sind. Zufrieden lehnt er sich zurück. Richard Franke kehrt in die Haftanstalt nebenan vom Landgericht in die Einzelhaft zurück.

Endlich kann die Staatsanwaltschaft Erfolge aufweisen. Da platzt eine neue Meldung ins Haus. Die Zeitungen berichten, dass in einem Teiche nahe der bayerischen Grenze der Forstpraktikant Rau aus Grumbach erschossen aufgefunden wurde. Andere sprechen davon, dass er vermisst werde. Jedenfalls hätten wiederum Wilddiebe einen Mord vollführt. Die Aufregung um den Mord an Forstwart Birnstiel hat sich noch nicht gelegt, da durchläuft diese neue Botschaft Stadt und Land. Die Öffentlichkeit ist aufgebracht. Doch der Staatanwaltschaft ist nichts bekannt. Das Fürstliche Justizministerium verlangt eine sofortige Aufklärung. Schnell kann Entwarnung gegeben werden. Forstpraktikant Rau befindet sich zu weiteren Studien in Pößneck an der dortigen Realschule. An allen Mordberichten, Gerüchten und übrigen Versionen ist glücklicherweise kein wahres Wort.

Lokaltermin

Am 12. Juni 1894 ordnet die Staatsanwaltschaft einen Lokaltermin auf der Rohrbachwiese bei Brennersgrün an. Landrichter Dr. Bleichardt selbst leitet die Untersuchung. Der nach Lehesten beorderte Angeschuldigte Ernst Franke trifft geführt von Gendarm Schöneburg aus Rudolstadt auf dem Bahnhof in Lehesten ein. Dort wird er durch Landrichter Dr. Bleichardt in Empfang genommen. Auf Anfrage erklärt Ernst Franke, dass er sein vergrabenes Gewehr mit Leichtigkeit finden könne. Gendarm Schöneburg und der Lehestener Schutzmann Matthes begleiten Franke zu dem von ihm bezeichneten Platz im Wald, und sofort wird das Gewehr aufgefunden und gerichtlich beschlagnahmt.

Die Kommission der Staatsanwaltschaft fährt mit einem von Feldjäger Eckstein besorgten Wagen zum Tatort auf der Rohrbachwiese hinaus. Hier trifft man auf den Angeschuldigten Ernst Franke, seine Eskorte Gendarm Schöneburg und Schutzmann Matthes und den Oberförster Johannes. Von Brennersgrün sind die bereits vernommenen Zeugen Karoline Müller, Karoline Beck, Hermann Sinnig, Karl Bär, Arno Bär, Leopold Sinnig, Friedericke Strubelt, Ida Probst, Hermann Conrad, Ferdinand Korn und Karl Ludwig auf Vorladung am Tatort erschienen.

Staatsanwalt Dr. Bleichardt lässt sich den Fundort der Leiche bezeichnen und stellt die einzelnen Objekte der Örtlichkeit ins Verhältnis zu Ecksteins Tatortzeichnung. Die Lage des Schieferschuttes und der Halde des alten Grießersbruchs interessieren Bleichardt besonders. Dann werden die einzelnen Fundorte der Beweisstücke bestimmt. Es muss leider festgestellt werden, dass das aufgefundene abgerissene schwarze Hutband inzwischen abhandengekommen ist. Es fehlt schon auf der Liste der nach Rudolstadt abgelieferten Beweismittel. Ferdinand Korn aus Brennersgrün wird als der eigentliche Finder von Birnstiels

Gewehr aufgefordert, die Stelle zu zeigen, wo er das Gewehr gefunden hat. Die Fundstelle wird von Korn sechzig Meter von der Fundstelle der Leiche aus im angrenzenden Wald zwischen Moss und Beersträuchern bezeichnet.

Die Zeuginnen Beck und Müller begeben sich zu der Stelle im Wald, von wo aus sie den Schuss und die Rufe gehört und die zwei rennenden Flüchtigen gesehen haben. Das sind sechshundert Meter bis zum Tatort. Der damalige Standort der Zeugen Bär und Sinnig ist nur 300 Meter vom Tatort entfernt. Der strömende Regen macht es der Kommission unmöglich, sich bis zum Gebüsch heranzuarbeiten, wo Karoline Beck und Karoline Müller die Tat vermutlich beobachtet hatten. Da muss die Aussage des Oberförsters Johannes und des pensionierten Vorgängers Forstwart Birnstiels ausreichen. Von beiden Standorten aus hatten die Zeugen vollständige Sicht auf die Rohrbachwiese.

Zum Abschluss werden dem Angeschuldigten Ernst Franke die Ergebnisse mitgeteilt und die Möglichkeit zur Verteidigung eingeräumt. Er bezeichnet den Kampfplatz in der Nähe des Waldes und kann sich nicht erklären, wie die Leiche des Forstwarts zu der Stelle, wo er gefunden wurde, gelangt sei. Birnstiel sei an der Stelle des Kampfes zusammengesunken, wo er den Schuss erhalten habe.

Damit wird der Lokaltermin aufgehoben. Ernst Franke wird unter Bedeckung von Gendarm Schöneburg nach Rudolstadt zurückgeführt. Die Kommission begibt sich unter Begleitung des Oberförsters zu Fuß nach Brennersgrün. Im Gasthof „Zum grünen Wald“, wo vier Wochen zuvor Dr. Bühring und Forstwart Birnstiel als Rennsteigforscher so glücklich zusammensaßen, werden die weiteren Vernehmungen vorgenommen und protokolliert.

Erster Zeuge ist Oberförster Hermann Johannes, Lehesten, 41 Jahre. Er bezweifelt die Aussage Frankes, dass Birnstiel an einem anderen Ort als dem Fundort zu Tode gekommen wäre. Der

Gasthof „Zum grünen Wald“ in Brennersgrün

Fund des Ladestockes und der Schrotkörner neben und unter der Leiche bestätigen das nach seiner Meinung. Johannes berichtigt seine Aussage dahingehend, dass er sich nunmehr sicher ist, ein nicht abgefeuertes Gewehr bei dessen Übergabe gesehen zu haben.

Karoline Müller wird anschließend nun zum dritten Male verhört. Sie versichert, die Leute in der Mitte der Wiese gesehen zu haben, und nicht am Rand. Die beobachteten Personen hätte sie wenige Sekunden nach dem Schuss gesehen. Sie bestätigt erneut, zwei kleine Personen gesehen zu haben, von denen eine deutlich kleiner war. Sie habe keinen zweiten Schuss gehört.

Karoline Beck, geb. Jacob, 33 Jahre wiederholt, einen Schuss gehört zu haben. Darauf habe die Müller gesagt: ‚Jetzt sind zwei Mann ausgerissen 'nüber in den Wald‘. Ich habe gefragt: ‚Wo denn?‘ An der Stelle, die mir die Müller'n gezeigt hat, lag etwas im Gras. Das Etwas lag am Graben und nicht am Waldrand.

Der 18jährige Schieferarbeiter Arno Sinnig wiederholt, zwei Schüsse gehört zu haben und mehrere Rufe, die aber vor dem zweiten Schuss endeten. Hermann Sinnig, ebenfalls 18 Jahre alt erklärt, dass der Abstand zwischen beiden Schüssen weniger als eine Minute betrug.

Der Reigen der Zeugen wird von Schieferarbeiter Karl Bär, Sohn des Schmieds und 20 Jahre alt, fortgesetzt. Er bestätigt, dass zwischen dem ersten und dem zweiten Schuss weniger als eine Minute vergangen wäre. Schieferarbeiter Arno Bär, 16 Jahre, und der Schieferarbeiter Leopold Sinnig, 17 Jahre, schätzen gleichlautend den Abstand zwischen den beiden Schüssen auf eineinhalb Minuten.

Friedericke Strubelt, 19 Jahre, hörte nach dem ersten Schuss: ‚Ach Gott, ach Gott, oh jeh, oh jeh‘ rufen. Zwischen dem ersten dumpfen Schuss und dem zweiten lauteren Schuss wären ihrer Meinung nach mindestens zwei Minuten verflossen. Dem schließt sich die Zeugin Ida Probst, 18 Jahre, an.

Zu der Situation auf der Rohrbachwiese sagt der Röttersdorfer Schieferarbeiter Hermann Conrad, 30 Jahre, aus: „Die Rohrbachwiese mit dem Tatort gehört mir. Ich war am Sonntag für halb sieben Uhr auf der Wiese, um die Wassergräben zu regulieren. Ich habe schon von unten Jemanden auf der Wiese liegen sehen. Ich dachte erst, dass er schläft. Auf meinem Rückweg sah ich dann das Blut und die Forstuniform. Als ich fortging, bemerkte ich am Waldrand die eingetrampelten Stellen im Graben. Weil der Mann so blass war und es nach dem Nachtfrost nun schon stark taute, bin ich zu dem Mann zurück und wollte ihn aufwecken. Ich rief sechs Mal ‚Freund‘. Er rührte sich nicht. Ich merkte, dass er tot war. Er war überall auf der Stirn und am Kopf bis zum Hals herunter mit Blut verschmiert. Ich habe keine Spuren und auch kein Gewehr auf der Wiese gesehen. Ich bin dann zum Schultheiß von Röttersdorf und teilte ihm alles mit. Er sagte mir, dass mehrere Leute aus Brennersgrün ein gefundenes Gewehr bei ihm abgeben wollten. Er habe es nicht entgegengenommen und die Leute nach Hause geschickt. Zu mir sagte er, dass ich beim Bürgermeister in Lehesten Anzeige machen sollte. Das habe ich sofort getan. Der Bürgermeister schickte mich zum Feldjäger. Dem Feldjäger habe ich die Stelle, wo die Leiche lag, gezeigt. Ich habe nie festgestellt, dass auf meiner Wiese gewilddiebt worden ist. Ich kann auch nicht sagen, ob auf meiner Wiese ein Wildwechsel ist. Ich beachte das nicht."

Längere Zeit nimmt die Vernehmung von Gendarm Grünler, 31 Jahre, aus Wurzbach in Anspruch. Grünler erfährt, dass Ernst und Richard Franke inzwischen ein Geständnis abgelegt haben. Grünler meint, dass er nichts weiter aussagen könne. Auf weiteres Befragen stellt er eine Tatbeteiligung des Hermann und Elias Franke konsequent in Abrede. Er habe auch nichts über Verkauf von Wildfleisch oder Fellen in Erfahrung bringen können. Nach dem Leumund von Richard Franke befragt, der in Röttersdorf zur Schule geht, sagt Grünler, dass er vom Lehrer erfahren habe, dass Richard Franke ein sehr aufgeweckter Junge sei. Weiter könne er keine Auskunft geben, da der Junge Röttersdorf nach der Schule wieder verlassen würde. Zum Leumund der Frankes macht Grünler keine Aussage. Er verweist auf die Mitteilung seines Vorgängers, des jetzigen Obergendarmen Künne aus Schleiz, der 1873 bis 1883 in Wurzbach stationiert war. Er habe gesagt, dass Ernst Franke schon vormals in dem Rufe stand, ein Wilderer zu sein. Grünler habe erfahren, dass sich der Richard Franke an Obergendarm Künne gewandt habe, dem Vater ein positives Zeugnis auszustellen. Die Adresse des Künne habe er von seinem Lehrer erfahren.

Im Anschluss wird der Brennersgrüner Schieferarbeiter Ferdinand Korn, 24 Jahre, vernommen. Er habe am Sonntagmorgen mit Louis Probst und anderen eine Maitour gemacht. Sie sind vor der Schutthalde des Grießersbruchs in den Weg abgebogen, von dem man nur den unteren Teil der Rohrbachswiese einsehen konnte. An einer Stelle, von der man wegen des dichten Waldes keine Sicht mehr auf die Wiese hat, haben sie ein doppelläufiges Gewehr gefunden. Er berichtet: „Ich nahm das Gewehr auf. An der linken Seite des Kolbens war etwas Blut, ebenso war Blut an der inneren Seite des Abzugsbügels. Das Blut war trocken. An der dem Gewehrlauf entgegengesetzten Seite des Kolbens war auch ein erbsengroßes Stück Menschenhaut oder Fleisch, welches aber nicht blutig war. Über dem Tragen hat sich das Blut verwischt und ging auch das Stück Haut verloren. Der linke Lauf des Gewehres war geladen, der rechte war abgeschossen." Ferdinand Korn erklärte, dass er den gespannten Hahn vorsichtig umgelegt hätte. Sie hätten das Gewehr zum Röttersdorfer Oertelsbruch mitgenommen, wo sie auf weitere Kameraden stießen. Korn erzählt: „Der Vorstand des Kriegervereins befahl uns, das Gewehr abzuschießen, damit es keinen Unfall gäbe. Hugo Müller hat es getan. Er schoss direkt in die Luft und wir haben nicht bemerkt, ob der Lauf mit Schrot geladen war. Ein Papierpfropfen flog beim Schuss heraus." Er bemerkt, dass der Papierpfropfen eher dunkel aussah. Das entspräche eher dem Papierpfropfen, den Oberförster Johannes mitgebracht habe, als dem, auf der Rohrbachswiese gefundenen. Ferdinand Korn beschließt: „Ich habe das Gewehr mit nach Röttersdorf genommen und es beim Bürgermeister angemeldet. Derselbe sagte, es wäre auf dem Meininger Revier gefunden worden, ich solle es beim Brennersgrüner Schulzen abgeben. Das habe ich dann auch bei unserer Rückkehr getan."

Schieferarbeiter Karl Ludwig, 55 Jahre alt, setzt den Reigen der Zeugen fort: „Ich habe den Birnstiel am Abend gegen ½7 Uhr auf dem sogenannten Eisensteinwege gesehen." Er habe weder mit dem Forstwart gesprochen, noch habe er später Schüsse gehört. Er kann bestätigen, dass der Forstwart ein Gewehr getragen hat. Ob die Läufe gespannt waren, kann Ludwig nicht bestätigen.

Hier mischt sich Oberförster Johannes in die Vernehmungen ein. Er muss bestätigen, dass zwischen der Stelle, an der Ludwig dem Birnstiel begegnet ist, bis zum Tatort 950 Meter liegen. Doch anhand der Farbe der Papierpfropfen und den Fundorten will Oberförster Johannes den Beweis liefern, dass Birnstiel nicht mit seinem Gewehr erschossen wurde.

Längere Zeit nimmt die Vernehmung der Emilie Franke, geb. Pilz, 41 Jahre alt, Mutter von 6 Kindern im Alter von 3 bis 16 Jahren, in Anspruch. Als Ehefrau und Mutter der Beschuldigten ist sie zu keiner Aussage verpflichtet. Doch sie gibt alles an, was Sie weiß. Sie bestätigt den Besitz des zerlegbaren Gewehres ihres Mannes und muss zugeben, dass Feldjäger Eckstein bei einer weiteren Haussuchung Schrotpatronen gefunden hätte. Auch der Louis Weber vom Webersbruch, 38 Jahre alt, wird erneut vernommen. Anschließend legt Oberförster Johannes weitere Schrotpatronen und Papierpfropfen zur Vergleichszwecken sowie das Tagebuch Birnstiels vor.

Nacheinander werden Schieferarbeiter Heinrich Müller, 57 Jahre, Schieferarbeiter Gustav Müller, 44 Jahre, Schieferarbeiter Edmund Müller, 14 Jahre, und Paul Müller, 12 Jahre, alle aus Brennersgrün, zum Verhör gerufen. Bei ihnen geht es um die Begegnung mit Ernst Franke am Sonntag nach dem Mord auf der Rohrbachwiese. Der junge Edmund Müller bestätigt seine Aussage gegenüber dem Feldjäger. Er hat in der Person Ernst Frankes denjenigen wiedererkannt, der ihn zusammen mit mehreren anderen Jungen im vorherigen Jahr plötzlich aus einem Gebüsch mit vorgehaltenen Revolver oder Pistole gedroht hätte. Paul Müller war damals auch dabei und hat bei Franke einen eisernen Gehstock gesehen. Das hat Brennersgrün und der Gasthof noch nicht erlebt. Den ganzen Tag gehen die Zeugen ein und aus.

Die Vernehmungen gehen am folgenden Tag in Schingnitz‘ Gasthof in Lehesten weiter. Schieferbruchsbesitzer Georg Weber, 66 Jahre, kann nur bestätigen, dass der Franke mit den anderen Bewohnern aneinandergeraten sei. Er hatte keine Ahnung, dass

Franke wilderte. Er hatte aber, als Birnstiels Ermordung bekannt wurde, geäußert: ‚Sollte Birnstiel seinem Gegner keine Wunde beigebracht haben?' Ihm wurde es gewahr und auch Verwalter Oeser habe es ihm angezeigt, dass Franke Wunden hatte. Dieser Verwalter Georg Oeser, 52 Jahre alt, kann das bestätigen. Er habe von Frankes Ruf als Wilderer und vom Besitz einer Stockflinte gewusst und habe ihn gesehen, wie er mit seinem achtkantigen eisernen Stock und sogar mit ‚geschultertem Rohr' nach dem Wald gegangen sei. Er kenne auch die Auseinandersetzungen mit Louis Weber im gemeinsamen Wohnhaus. Oeser erzählt noch einmal, wie der Feldjäger auf den Bruch gekommen ist, um Franke zu verhaften, und dieser abgehauen sei.

Holzhauer Ernst Stüber aus Brennersgrün, 24 Jahre, erklärt, wie das Gewehr Birnstiels gefunden wurde. Das ist nichts Neues. Jetzt kommt es an Zimmermann Heinrich Hertwig, 30 Jahre, und Moritz Liebmann aus Oßla. Hertwig hatte die erworbene, aber nicht bezahlte Stockflinte von Franke zurückgeholt. Moritz Liebmann erklärt, dass er sehr schwerhörig sei. Man legt ihm die Flinte Frankes vor. Er erkennt sie wieder. Liebmann hat ein Kommissionslager eines Gewehrfabrikanten und hat dieses Gewehr an Ernst Franke verkauft. Bereits im Mai vergangenen Jahres war der Franke mit seiner Frau zu ihm gekommen und hatte verschiedene Gewehre besichtigt. „Die Gewehre waren ihm alle zu teuer. Er hat dann eine Flinte ausgesucht und wollte sie ausprobieren. Er würde das Geld bringen. Es waren 12 Mark. Nach zwei Wochen hatte ich von Franke noch nichts gehört und darauf die Flinte von Hertwig wieder mitbringen lassen. Nach Weihnachten kam die Frau und bat mich, ich möchte Ernst die Flinte wieder geben. Ich sagte, ja, wenn er sie bezahlt. Die Frau sagte noch, dass sie jetzt das KONSUM-Geld kriegen. Sie nahm die Flinte mit und hat sie dann auch bezahlt."

Die Reihe kommt jetzt auch an Schieferarbeiter Carl Schnappauf, 32 Jahre, aus Lehesten. Er hat Franke mindestens zwei Mal mit einem Stock im Wald gesehen. Er hat ihn öfters im Wald und auch öfters mit seinem Sohn Richard gesehen. „Die Frau Franke hat ein loses Mundwerk. Mit dem Sohn Richard bin ich noch nicht zusammengekommen.“

Den ganzen Tag verweilt die Untersuchungskommission in Schingnitz‘ Gasthof. Abschließend kommen Dr. Kreißmann und Dr. Peetz, die Gutachter der Leichensektion. Und bevor der letzte Aktendeckel zugeklappt werden kann, berichtet Schutzmann Theodor Matthes, 49 Jahre, Lehesten, über die Auffindung von Frankes Flinte. Ernst Franke habe sie sicher zu der Stelle im städtischen Birkigtwald geführt. Der Lauf und der Kolben wären vergraben und jeweils in einen Lappen eingewickelt gewesen. Der Kolben wäre zersplittert, und auf die Frage nach dem fehlenden Teil habe der Franke gesagt, dass dieser wohl verlorengegangen sei.

Es ist Abend geworden. Dr. Bleichardt und Schriftführer Dressel schließen das Protokoll und wollen abreisen. In Lehesten kommt ihnen Feldjäger Eckstein auf der Straße entgegen. Er hat nachgesucht und tatsächlich das fehlende Stückchen des Kolbens genau dort, wo Franke die Flintenteile in Lappen verpackt vergraben hatte, gefunden.

altes Rathaus von Lehesten

Der Abschluss der Untersuchungen

Wieder und wieder werden Ernst Franke und Richard Franke von Landrichter Dr. Bleichardt und Staatsanwalt Kümpel in Rudolstadt vernommen. Immer wieder tauchen neue Versionen des Tatablaufes auf. Zum wiederholten Male werden Widersprüche vorgehalten und gegenteilige Aussagen geprüft.

Am 16. Juni 1894 räumt Ernst Franke ein, vor etwa 15 Jahren vom früheren Justizamt in Lobenstein wegen Fischdiebstahls eine dreitägige Gefängnisstrafe erhalten zu haben. Mit Vogelstellen habe er sich öfters abgegeben und sei auch mal mit Robert Dressel aus Lehesten zum Vogelstellen gewesen. Wegen Vogelstellerei sei er vom Amtsgericht Gräfenthal einmal mit 6 Monaten bestraft worden. Zu den unmittelbaren Sachverhalten am Tatort wiederholt er seine Aussagen.

Am gleichen Tag wird auch Richard Franke vernommen. Jetzt klingen seine Eingeständnisse schon anders: „Ich bin mit dem gefällten Gewehre auf den Forstwart zugegangen. Derselbe kniete auf den Beinen meines Vaters. Als der Gewehrlauf etwa 10 cm vom Forstwart entfernt war, habe ich abgeschossen. Sofort sank der Forstwart nach hintenüber und lag mit dem Gesicht gen Himmel blickend, da derselbe noch mehrere Laute von sich gab, habe ich ihn mit dem inzwischen los gemachten Kolben 3 Mal auf die Stirn geschlagen. Die Wunde auf dem Hinterkopf habe ich ihm nicht beigebracht. Wo er sie her hat, weiß ich nicht." Richard Franke erklärt, dass er es getan habe. Seinem Vater habe er gesagt, dass er es ruhig beschwören könne, nicht gewesen zu sein.

Am 20. Juni ist Vater Franke wieder an der Reihe. Es geht um die Schläge gegen den Kopf des Forstwarts. Ernst Franke erklärt, dass er ihn nicht geschlagen habe. Das hätte keinen Zweck gehabt. Dr. Bleichardt macht ihm den Vorwurf, dass er eigentlich mit dem Entschluss, das zerlegbare geladene Gewehr mit in den

Wald zu nehmen, das Unglück heraufbeschworen hätte. „Warum?“ - „Wenn mich jemand hätte wollen angreifen.“

Zwei Tage später wird auch wieder Richard Franke vernommen. Er erklärt, dass er mit der Konstruktion des zerlegbaren Gewehres seines Vaters gut vertraut war. Er braucht zum Zusammensetzen 25 Sekunden. Dr. Bleichardt lässt es sich demonstrieren. Tatsächlich. Der Junge setzt ganz geschickt und mit sicheren Handgriffen die zerlegbare Flinte zusammen.

Dann schildert Richard nochmals die Ereignisse an dem betreffenden Sonnabend. Jetzt erklärt er aber, dass Vater und Sohn schon im Begriff waren, Reißaus zu nehmen, als der Forstwart den Vater von hinten packte. Der Forstwart habe gefragt, was sie hier machten. Der Vater hat gesagt: ‚Wir machen nichts, wir suchen Schwämme.‘ Bleichardt hakt ein: „Und? Habt ihr Schwämme gefunden?“ - „Nein, wir haben keine gefunden. Wir haben nur einen Maibaum gepflückt.“

An den Kampf zwischen seinem Vater und den Forstwart Birnstiel kann sich Richard Franke inzwischen genauer erinnern. Der Forstwart habe auf seinen Vater eingeprügelt. Als der Forstwart die Schnupftabaksdose gefunden hatte, rief er: ‚Nein die will ich nicht!‘ Vater Franke habe immer wieder: ‚Lass mich los!‘ gerufen. Nachdem der Forstwart den Gewehrkolben gefunden hatte, wollte der Vater sich befreien. Er wäre über den Forstwart gekommen, doch dieser habe mit der Faust auf den Kopf des Vaters gehauen. Vater Franke habe sich mit den Händen gegen die Brust Birnstiels gestemmt. Wie der Forstwart erklärt hat, dass er den Vater mitnehmen wolle, hat Richard Franke nicht gehört. Der Forstwart sei aufgesprungen, habe nach dem Gewehr auf seiner Schulter gefasst und gerufen: ‚Jetzt mache ich Gebrauch von meiner Waffe!‘ Das hat Richard Franke gehört. Dass der Vater ‚helft mir‘ und ‚schieß doch‘ gerufen habe, will Richard Franke hingegen nicht gehört haben. Inzwischen will er aber bestätigen, dass der Vater dem Forstwart angeboten hätte, mit ins Dorf zu kommen. Richard Franke erklärt erneut die Schläge auf den Kopf des Forstwarts, und jetzt kann er sich auch erinnern, dass sein Vater Birnstiels Gewehr abgefeuert hat. Ein Verwirrspiel.

Einige Tage gehen ins Land. Feldjäger Eckstein erhält von Landrichter Bleichardt den Auftrag, sich im Umfeld der Familie umzuhören. Das zeigt schnell Erfolg. Was Eckstein von Otto Franke, dem 11jährigen Sohn und Bruder der Beschuldigten erfährt, will Bleichardt sofort protokolliert und unterschrieben auf seinen Tisch haben.

Feldjäger Eckstein protokolliert, was Otto Franke aussagt: „Mein Bruder Richard sagte mir damals, als mein Vater verhaftet war, wie sich die Mordtat mit Birnstiel zugetragen hat, und er sagte mir aber auch gleich, dass ich ja nichts sagen soll, wenn ich vom Feldjäger gefragt würde - und wenn es mir mein Leben koste." Sein Bruder hat ihm erzählt, wie der Mann aus dem Gebüsch auf sie zukam, den Vater vorn am Hals packte und ihn fesseln wollte. Der Vater wollte sich nicht binden lassen und wollte so mitgehen. Als sie versucht hätten, auszureißen, hat der Forstwart sich zum zweiten Mal auf den Vater geworfen und sich auf ihn gekniet. „Mein Vater rief nun um Hilfe, mein Bruder stand nicht weit davon und sah erst zu, dann rief mein Vater: ‚Richard, schieß!' Dann hätte einer geschossen. Ob nun mein Bruder oder Vater den Birnstiel geschossen hat, weiß ich nicht genau."

Diese Neuigkeiten stellen die Tat, wenn es so stimmt, in ein ganz anderes Licht.

Am 3. Juli 1894 werden beide Verdächtigte getrennt voneinander wieder verhört. Es geht um die Aufforderung: ‚Richard schieß!' Vater und Sohn können sich nicht an diese Worte erinnern. Ernst Franke will nur ‚Helft mir!' gerufen haben; Richard Franke gibt an, seinem Bruder Otto überhaupt nichts von der Sache erzählt zu haben.

Doch Dr. Bleichardt verlässt auch jetzt sein Glück nicht. Am 13. Juli erscheint mehr oder weniger freiwillig Otto Franke in Rudolstadt bei Dr. Bleichardt in der Amtsstube. Er will keinen Gebrauch seines Zeugnisverweigerungsrechtes machen und sagt vor dem Landrichter aus. Er sagt genau das, was er dem Feldjäger Eckstein schon ins Protokoll gesagt hatte.

Es wird spannend. Richard Franke wird umgehend vorgeführt und sagt aus: „Nein, der Vater hat vielleicht um Hilfe gerufen, aber ihn nicht aufgefordert, zu schießen." Mit dieser Feststellung wird er seinem jüngeren Bruder gegenübergestellt. Otto Franke wiederholt sicher und von selbst die Aussage. „Richard schieß!" Doch Richard Franke bleibt dabei, dass er das so nicht gehört, und er seinem Bruder oder seiner Mutter auch nicht gesagt hat.

Justizgebäude in Rudolstadt war 1894 Sitz des gemeinschaftlichen Landgerichts und der Staatsanwaltschaft; mit angeschlossenem Gefängnis

Jetzt ist auch die Reihe an Vater Franke: „Nein, das habe ich nicht gesagt. Ich bestreite, meinem Sohn zugerufen zu haben ‚Richard schieß!' Ich habe nur gerufen: ‚Ach Gott, helft mir!' Der Richard hat aus eigenem Antrieb den Schuss abgefeuert." Auch Ernst Franke ändert in der Gegenüberstellung angesichts seines Sohnes seine Aussage nicht.

Am 27. Juli 1894 werden zuerst Ernst Franke und danach Richard Franke von Landrichter Bernhardt als erster Staatsanwalt der Beschluss über den Abschluss der Voruntersuchung bekannt gemacht und verlesen.

Am 1. September 1894 stellt Staatsanwalt Bernhardt die Anklageschrift fertig und beantragt die Eröffnung des Hauptverfahrens vor dem gemeinschaftlichen Schwurgericht in Rudolstadt. Neben der Hinzuziehung aller Beweismittel und Gutachten beantragt er die Vorladung von 13 Zeugen und zwei Sachverständigen.

Die Erste Strafkammer beim Landgericht Rudolstadt erlässt am 3. Oktober 1894 den Beschluss zur Eröffnung des Hauptverfahrens und empfiehlt, weitere Zeugen vorzuladen.

Am 18. Oktober 1894 erlässt der Vorsitzende des XV. Schwurgerichts in Rudolstadt, Oberlandesgerichtsrat Seifarth, den Beschluss zur Hauptverhandlung. Der Termin vor dem Schwurgericht wird auf Donnerstag und Freitag, den 1. und 2. November 1894, festgesetzt. Förmlich geladen werden die Angeklagten und ihre Verteidiger, die 13 Zeugen und 2 Sachverständigen aus der Anklageschrift, weitere 6 namentlich einzeln aufgeführte Zeugen und der Staatsanwalt. Die Öffentlichkeit nimmt gespannt Anteil am Geschehen.

Die Verhandlung

Es ist der 1. November 1894. Fast ein halbes Jahr ist seit dem Mord an Forstwart Birnstiel aus Brennersgrün vergangen. Oberlandesgerichtsrat Seifarth eröffnet in Rudolstadt die öffentliche Sitzung des 15. Schwurgerichts im III. Schwurgerichtsbezirk des gemeinschaftlichen Thüringer Oberlandesgerichts zu Jena. Seine Beisitzer sind der Landgerichtsrat Wolle und Landrichter Dr. Fürbringer. 12 gewählte Geschworene und 2 Ergänzungsgeschworene verfolgen den Prozess. Die Staatsanwaltschaft wird durch Hauptanwalt Bernhardt vertreten. Aus der Untersuchungshaft werden Ernst Franke und sein Sohn Richard vorgeführt. Als Verteidiger Ernst Frankes ist Rechtsanwalt Freysoldt aus Saalfeld und für Richard Franke Rechtsanwalt Heimbach aus Rudolstadt erschienen. 21 Zeugen und Sachverständige sind schriftlich vorgeladen. Die Asservate sind auf dem Gerichtstisch ausgelegt.

Die Zeugen entfernen sich nach der Belehrung aus dem Gerichtssaal. Nur die beiden medizinischen Sachverständigen dürfen im Einvernehmen aller Prozessbeteiligten an der gesamten Hauptverhandlung teilnehmen. Nach der Verlesung der Anklageschrift durch Staatsanwalt Bernhardt haben die Angeklagten das Recht zu schweigen oder zu den Vorwürfen Stellung zu nehmen. Die Angeklagten werden getrennt voneinander gehört. Die Befürchtung, dass beide in Anwesenheit des Anderen nicht die Wahrheit sagen würden, teilen sowohl die Rechtsanwälte als auch die Staatsanwaltschaft.

Zuerst erklärt der Schulknabe Richard Franke, wie er an jenem Samstagabend im Mai mit seinem Vater in den Wald gegangen war und zwischen dem uniformierten Forstmann und dem Vater eine tätliche Auseinandersetzung entbrannte. Richard Franke gibt nun unumwunden zu: „Ich machte darauf das Gewehr zusammen und drückte es auf den Forstmann ab, gab demselben auch noch drei Schläge. Ich habe das Gewehr abgedrückt, wusste auch, dass ein Zündhütchen auf dem Gewehr war, habe aber trotzdem abgedrückt, weil ich den Forstmann töten wollte." Er schildert weiter, wie der Forstmann um Hilfe gerufen hat, wie sein Vater das Gewehr des Försters abgeschossen hat, und erklärt: „Ich habe dem Forstmann mit dem Kolben des Gewehres meines Vaters drei Schläge auf den Kopf gegeben, da er immer noch weiter geschrien hat. Ich gab ihm die Schläge auf den Kopf, damit er nicht schreien sollte."

Im Anschluss werden die Beweismittel vorgelegt. Richard Franke erkennt sie alle wieder. Er erklärt genau, wie man die Stockflinte des Vaters zusammenzusetzen hat und dass er aus früherer Erfahrung und Übung wusste, wie man damit umgeht und schießt. Richard Franke bestätigt mehrmals, dass er den Forstwart mit seinem Schuss töten wollte. Kategorisch bestreitet er, von seinem Vater die Aufforderung ‚Richard schieß!' gehört zu haben. Der Vater hat um Hilfe gerufen, und dem ist er nachgekommen. Aber aus dieser Aufforderung zur Hilfe habe er geschlossen, dass er schießen muss. Die Unrechtmäßigkeit seiner Tat ist ihm bewusst, und es tut ihm leid, einen Familienvater getötet zu haben. Er hat aber seinen Vater beschützen wollen. Auch der ist ein Familienvater. Der Forstmann hat mit dem Gebrauch seiner Waffen gedroht.

Zunächst gibt es keine weiteren Fragen des Richters und der Prozessbeteiligten. Richard Franke wird aus dem Sitzungssaale abgeführt.

Nun erhält Ernst Franke die Möglichkeit, sich zu den Vorwürfen der Anklage zu äußern. Er schildert genau, wie die Auseinandersetzung mit dem Forstwart, den er vorher nicht gekannt habe, verlief. Als er heftige Schläge in die Seite und Schläge mit dem Gewehrkolben auf die Stirn erhielt, hat er um Hilfe gerufen. Das Blut ist Ernst Franke in die Augen gelaufen. Er hat nichts mehr gesehen. Dann hat er einen Schuss gehört.

Ausführlich nachgefragt wird die Absicht Ernst Frankes im Walde an diesem Abend. Auch seine Erklärung, warum er die zwar zerlegte, aber schon geladene Stockflinte mit in den Wald genommen hat, klingt nicht einleuchtend. Er wollte sich vor dem Louis Weber schützen. Ob Ernst Franke wirklich vermuten konnte, dass der Weber ihm in den Wald folgen könnte? Diese Frage beantwortet er nicht. Ganz heftig bestreitet er, an diesem Abend auf Wilddieberei aus gewesen zu sein. Er hat auch noch nie davon gehört, dass bei der Rohrbachwiese ein Wildwechsel sei und dort wenige Tage zuvor ein Reh gewildert wurde.

Die Einvernahme der beiden Angeklagten wird nun wieder gemeinsam fortgesetzt. Zu gegenseitigen Verteidigung erklären beide gleichlautend, dass Richard dem Forstwart gute Worte genug gegeben und ihn wiederholt gebeten hat, dem Vater nichts zu tun, und der es doch nicht gemacht und den Vater weiter *‚gemisshandelt‘* hat.

Nun kommt der erste Zeuge zur Aussage. Es ist der 11jährige Sohn und Bruder der Angeklagten, Otto Franke. Er sagt trotz Zeugnisverweigerungsrecht aus. Jetzt bestreitet er, von seinem Bruder gehört zu haben, dass sein Vater ihm ‚Richard schieß!‘ zugerufen habe. Beide Angeklagten werden aus dem Saale geführt. Doch das ändert nichts. Zu seinen früheren Aussagen schweigt er. Mehrfach wird er ermahnt, wenn er aussagt, so muss er die Wahrheit sagen. Entweder schweigt er oder hat vergessen, was er gegenüber Feldjäger Eckstein und dem Untersuchungsrichter ausgesagt hatte. Er bleibt dabei, Richard habe ihm nur erzählt, dass ihn sein Vater um Hilfe gebeten hätte.

Staatsanwalt Bernhard blättert in den Prozessakten: „Hier ist das Protokoll der Zeugenvernehmung. Es hat Landrichter Dr. Bleichardt angefertigt. Darin hat der Knabe Otto Franke im Sommer mehrfach ausgesagt und so auch unterschrieben, dass er von seinem Bruder Richard gehört habe, dass der Vater ‚Richard schieß!‘ gerufen haben soll.“ Daran kann Otto Franke sich nun nicht mehr erinnern. In diesem, von ihm unterzeichneten Vernehmungsprotokoll würde aber auch fehlen, dass die Frau des Forstwarts Fick zu seiner Mutter gesagt hat, dass der Birnstiel die Wilderer einsperren wollte, wenn sie ihm in die Hände fallen würden. Ein Raunen geht durch den Zuschauerraum im Gerichtssaal.

Dann geht es schnell und geordnet weiter. Nacheinander wiederholen die Zeugen Karl Ludwig, Hermann Lang, Karoline Müller, Karoline Beck und Arno Sinnig ihre mehrfach geäußerten und protokollierten Aussagen vor dem Gericht. Und damit endet schon der erste Gerichtstag im Fall Birnstiel.

In gleicher Besetzung wird am nächsten Tag fortgesetzt. Nun will man ausführlich die vorgefundenen Verletzungen mit den Einlassungen der Angeklagten vergleichen. Ernst Franke will den Zweck, warum er Birnstiels Gewehr abfeuerte, so erklären:. Er habe befürchtet, dass Birnstiel hinter ihm her schießen könnte. Vater und Sohn wollen es genau gesehen haben, dass Birnstiel noch nicht tot war, als sie die Wiese verlassen haben.

Die nun folgenden Zeugen werden hauptsächlich zu den Verhältnissen am Tatort und den Fundorten der einzelnen Asservate befragt. Hermann Conrad, der die Leiche als erster entdeckte, beschreibt den frischen Tatort. Ferdinand Korn zeigt den Fundort des Gewehres auf der Tatortzeichnung.

Der nächste Zeuge ist Mylius Matthes, mit Spitznamen Beer genannt, aus Röttersdorf. Gegen ihn war der Haftbefehl schon ausgestellt. Er hatte aber nichts mit der Sache zu tun. So kann er seine früheren Aussagen nur bestätigen. Die vorgelegte Stockflinte und die Vogelschlingen kennt er aber nicht.

Die Zeugen Moritz Liebmann und Moritz Hertwig aus Oßla wiederholen ihre Erkenntnisse, wie der Ernst Franke durch sie in den Besitz der vorliegenden Stockflinte gekommen ist. Zeuge Nr. 11, Louis Weber, der Aufseher vom Webersbruch, wiederholt, von Ernst Frankes regelmäßigen Aufenthalten im Wald gewusst zu haben. Nur den Besitz einer Stockflinte kann er nicht bestätigen. Davon hat er nur gehört. Nichts gesehen. Auch habe er von dem Ruf Frankes, als Wilderer zu gelten, nur gehört.

Im Anschluss tritt der 14jährige Schuljunge Paul Müller aus Brennersgrün in den Zeugenstand. Er kennt die beiden Angeklagten und wiederholt seine Angaben. Jetzt erklärt er aber etwas genauer. Im Juni 1893 hat er erlebt, wie Frankes einen Hasen gefangen haben. „Das ist richtig angegeben. Nur haben nicht die beiden Angeklagten, sondern ein Sohn des Bruders des Angeklagten Ernst Franke, Elias Franke aus Röttersdorf, die Tat vollführt in Gemeinschaft mit Ernst Franke, der einen schwarzen wollenen Vollbart trug und einen kantigen Stock bei sich führte." Er erkennt den kantigen Stock. Es ist der Lauf der Stockflinte auf dem Asservatentisch. Auch Louis Schnappauf erkennt den Stock wieder, mit dem er Franke öfters im Wald angetroffen hat.

Etwas ausführlicher verläuft die Zeugenaussage des pensionierten Forstwarts Gustav Fick aus Lehesten. Er kannte Birnstiel schon vor seiner Versetzung von Sonneberg nach Brennersgrün. „Birnstiel war ein großgewachsener und kräftiger junger Mann. Als unser Gespräch einmal auf die Wilderei gekommen ist, hat Birnstiel mir erklärt, er würde den ersten Wilddieb, den er beim Schießen anträfe, festnehmen, in seine Behausung transportieren und ihn den anderen Tag dahin bringen, wohin er gehörte - in das Arrestlokal. Wenn er einen Wilddieb erblicke, dann sei der seine. Ich habe mir daraufhin die Bemerkung erlaubt, dass des Öfteren bis zu 16 Personen im Walde beisammen seien. Doch Birnstiel erklärte, er nehme den Wilddieb eben dingfest. Scherzhaft habe ich angeboten, dass ich Birnstiel einen Hektoliter Bier bezahlen werde, wenn er das erste Mal einen Wilddieb, der das entsprechende Handwerkszeug bei sich führte, verhaftet. Gerade an der Grenze zwischen Meiningen und Reuß wurde viel gefrevelt. Die Wilddiebe waren nie allein, sondern stets in größerer Zahl unterwegs." Forstwart Fick erklärt dem Gericht, dass die Rohrbachwiese einst zu seinem Schutzbezirk gehörte. Ernst Franke kannte er erst, seitdem der auf dem Webersbruch wohnte. Fick hat Ernst Franke und seinen Sohn Richard mindestens zweimal verdächtig im Wald angetroffen.

Die Verteidiger nehmen schnell die Aussagen Ficks zum Anlass, näheres zu hinterfragen. Forstwart Fick bestätigt, bei der Beerdigung Birnstiels geäußert zu haben, dass sich seine früher geäußerten Befürchtungen leider nun bewahrheitet haben. „Ich wusste, dass Birnstiel so schnell keinen Wilddieb fangen würde, weil diese Leute sich das nicht gefallen lassen würden. Ich hielt aber die Äußerung Birnstiels damals für Übertreibung und Renommage*."

Dem Reigen der vorgeladenen Zeugen schließen sich an: der reußische Gendarm Karl Albin Grünler, 32 Jahre, aus Wurzbach und der Herzogliche Feldjäger Georg Friedrich Eckstein aus Lehesten. Grünler hatte vom ersten Moment an, als er von dem Mord an Birnstiel erfuhr, den Verdacht auf Ernst Franke. Darüber hat er sich mit Eckstein abgesprochen. Friedrich Eckstein erzählt noch einmal haarklein seine Handlungen am Tatort, seine Ermittlungen und Befragungen bis zur Verhaftung der Angeklagten selbst.

Der letzte vorgeladene Zeuge wird aufgerufen, Oberförster Hermann Johannes. Er schildert seine Feststellungen am Tatort. Dann beschreibt er seinen ehemaligen untergebenen Beamten: „Eduard Birnstiel war ein tüchtiger schneidiger Beamter, der in Vorbildung und in Allem seinen Kollegen weit überlegen war, von Natur aus groß und kräftig. Ich hielt ihn für eine hitzige Natur, mir hat er aber Anlass zu Klagen nicht gegeben. Er konnte sich in Gesellschaft bewegen, wohnte in Sonneberg in bester Gesellschaft, woher er seinem Stand nach nicht gehörte." Oberförster Johannes beschreibt die Zustände auf der Rohrbachwiese. Die Landesgrenze wird dort nicht mehr respektiert. Wilddiebereien waren dort schon immer bemerkt worden. Dass ein Reh am Himmelfahrtstag auf der Rohrbachwiese geschossen wurde, war nur ein allgemein verbreitetes Gerücht. Er kann es jetzt nicht bestätigen. Keiner seiner Förster habe etwas von dem Reh erfahren. Wenn dieses Reh wirklich geschossen wurde, so haben es Wilderer getan, und diese haben auch das Fleisch gegessen.

Die vorliegende Stockflinte Frankes ist zum Wildern bestens geeignet. Oberförster Johannes erklärt nun, dass er Papierpfropfen aus der Ladung von Birnstiels Gewehr gefunden und auch Schrotkugeln unter der Leiche gesehen habe. Daraus schließt er, dass Ernst Franke Birnstiels Gewehr doch nicht in die Luft, sondern in Richtung des schwertverletzt am Boden liegenden Forstwarts abgegeben hat.

Die vorgelegten Papierpfropfen erkennt Johannes. Sie sind von Birnstiel. Er erkennt das genau. Das Papier stammt vom Rand einer Sonneberger Zeitung. Diese Zeitung hat nur Birnstiel gelesen. Ernst Franke verteidigt sich. Er hat den Schuss in die Luft abgegeben. Wenn er auf Birnstiel geschossen hätte, dann hätte er auch getroffen. Dem wiederspricht der Oberförster: „Sie sind vielleicht ein Meisterschütze, Ernst Franke. Aber ich zweifle, dass sie mit dem ersten Schuss aus einem Ihnen unbekannten Jagdgewehr genau treffen würden.“ Ernst Franke entfaltet seinen gespaltenen Charakter und kontert: „Dann hätte aber der zweite Schuss gesessen. Ich habe aber nur einmal geschossen. Ich habe in die Luft geschossen. So war es.“

Dann wird Eckstein erneut in den Zeugenstand gerufen. Er erkennt den in Brennersgrüner Flur gefundenen Drohbrief wieder. Verschiedene Schriftproben hat er eingeholt. Er konnte den Schreiber des Drohbriefes aber nicht ermitteln.

Zusätzlich wird der im Dienste des Gutsbesitzers von Holleben in Louisengrün stehende Forstwart Friedrich Rosenberger in den Zeugenstand gerufen. Er bestätigt die Herkunft der Papierpfropfen. Es gibt keinerlei Gegensatz zur Aussage des Oberförsters.

Als weiterer Zeuge wird nun der Untersuchungsrichter Dr. Adalbert Bleichardt mündlich in den Zeugenstand gerufen. Er berichtet ausführlich über seine Untersuchungen und seine Ermittlungsaufträge an den Feldjäger Eckstein. Ganz genau berichtet er, wie ihm der Otto Franke sehr überzeugend und ohne unter Druck gesetzt worden zu sein in der Vernehmung ausgesagt hätte, das sein Bruder Richard ihm erzählt habe, dass der Vater ‚Richard schieß!' gerufen hätte. Das hat der Otto Franke sowohl bei der Gegenüberstellung mit seinen Bruder Richard als auch bei der mit seinem Vater Ernst wiederholt. Für Bleichardt hat es damals überhaupt keinen Anlass zum Zweifel gegeben. Er hatte den Eindruck gewonnen, dass Otto Franke die Wahrheit sagte. Dr. Bleichardt sagt dem 11jährigen Knaben Verwegenheit nach: „Sonst würde dieses Kind hier nicht so auftreten. Es käme kaum einem Erwachsenen in den Sinn, zu behaupten, ich hätte im Protokoll etwas unterschlagen. Ich meine diese angebliche Auskunft der Frau des Forstwarts Fick an die Mutter."

Zum Ende erscheinen die beiden medizinischen Sachverständigen, der Herzogliche Physikus und praktizierende Arzt in Gräfenthal, Dr. Karl Kreißmann, und der praktizierende Arzt in Lehesten, Dr. Karl Peetz. Sie erklären ihre am Leichnam getroffenen Befunde. Es steht außer Zweifel, dass nur der Schrotschuss aus nächster Nähe die Hauptarterie so zerfetzt hat, dass der Tod durch Verbluten eingetreten ist. Es ist ein Schuss vollständig in die Wunde eingetreten. Die Schrotkörner hätten so konzentriert in der Wunde beieinander gelegen, dass der Schuss aus etwa 10 Zentimeter Entfernung abgegeben sein muss.

Alle Zeugen und alle Sachverständigen sind vernommen. Es gibt keine weiteren Anträge der Rechtsanwälte und der Staatsanwaltschaft. Die Beweisaufnahme wird geschlossen. Zur Fortsetzung und zum Abschluss der Hauptverhandlung wird nun der Samstag, 3. November 1894, bestimmt.

Der zusätzliche dritte Verhandlungstag beginnt mit den Ausführungen zur Schuldfrage. Überraschend verneint die Staatsanwaltschaft die Frage nach dem gemeinschaftlichen Handeln. Sie verneint aber ebenso die Frage nach mildernden Umständen. Sonst sieht Staatsanwalt Bernhard in allen Punkten die Schuld Ernst und Richard Frankes bestätigt.

Die Verteidigung will bei der Handlung Richard Frankes keinen Vorsatz erkennen. Beide seien der Wilderei, also der verbotenen Ausübung der Jagd, für schuldig zu sehen, aber sonst unschuldig. Rechtsanwalt Freysoldts Antrag sorgt für Unruhe. Die Angeklagten erklären beide, dem Gericht die volle Wahrheit gesagt zu haben. Zu Ihrer Verteidigung hätten sie nichts hinzuzufügen.

Die 12 Geschworenen ziehen sich unter Leitung ihres Obmannes, Kommerzienrat Max Miltsch, zur Beantwortung der 13 Schuldfragen zurück. Das Ergebnis ist niederschmetternd. Ja, Richard Franke ist der vorsätzlichen Tötung, des Mordes, schuldig. Er hat aus Überlegung und in Kenntnis der Strafbarkeit gehandelt. Mildernde Umstände sind nicht zu erkennen. Er hat einem Forstbeamten Widerstand geleistet, gefährliche Körperverletzung und Jagdvergehen begangen. Ernst Franke wird der Anstiftung zum Totschlag, Mord, Beihilfe zum Mord und den anderen Vergehen für schuldig befunden. Der Schuldspruch der Geschworenen ermöglicht das höchste Strafmaß.

Nun folgen die Strafanträge des Staatsanwaltes. Für Ernst Franke beantragt er eine Gesamtstrafe von 17 Jahren Zuchthaus und für Richard Franke eine Gesamtstrafe von 10 Jahren und 2 Wochen Gefängnis. Die Rechtsanwälte haben nach diesem Schuldspruch nichts entgegenzusetzen. Sie beantragen aber ein deutlich geringeres Strafmaß für beide Angeklagten. Der Gerichtshof zieht sich zurück.

Nach kaum einer halben Stunde verkündet der Vorsitzende Richter Seifarth das Urteil. Dem Gerichtshof erschien das vom

Staatsanwalt beantragte Strafmaß zu gering. Das Urteil: Ernst Franke erhält wegen Anstiftung zum Totschlag, Mord und Beihilfe zum Mord lebenslänglich Zuchthaus und zu den weiteren Verbrechen und Vergehen unter Einbeziehung vorheriger Urteile des Schöffengerichtes in Gräfenthal weitere fünf Jahre und einen Monat Zuchthaus, sowie wird auf die Aberkennung bürgerlicher Ehrenrechte erkannt. Den Schuljungen Richard Franke trifft es vergleichsweise genauso hart: 12 Jahre und eine Woche Gefängnis als Gesamtstrafe aller ihm zum Vorwurf gemachter Taten. Zusätzlich erfolgen die Anordnung der Einziehung der Stockflinte nebst dem Zubehör und die Auferlegung aller angefallenen Kosten des Verfahrens und Auslagen. In der Urteilsbegründung des Vorsitzenden, Oberlandesgerichtsrat Seifarth, heißt es, dass Richard Franke die Kenntnis über die Strafbarkeit seiner Handlung und die erforderliche Einsicht dazu besessen habe. Trotz seines jugendlichen Alters habe er bei seiner Tat verbrecherische Entschlossenheit und große Gefühlsrohheit bewiesen.

Der Revisionsantrag, den Ernst Franke für sich und seinen Sohn formell und unbegründet noch am Tag der Urteilsverkündung stellt, wird am 26. November 1894 in Rudolstadt verworfen.

Ein weiterer Revisionsantrag an das Reichsgericht in Leipzig wird am 6. Dezember 1894 endgültig verworfen und damit das Rudolstädter Urteil für Recht erkannt.

Es vergehen viele Jahre

Erst nachdem das Urteil seine volle Rechtskraft erlangt hat, wird Ernst Franke am 27. Dezember 1894 dem Zuchthaus Untermaßfeld überstellt. Richard Franke wird bereits am 5. Dezember im Herzoglichen Amtsgerichtsgefängnis Saalfeld untergebracht und schließlich am 2. Januar 1895 vom Herzoglichen Feldjäger Ganz aus Saalfeld in die Gefängnisanstalten zu Ichtershausen gebracht. Dort werden viele Jahre ins Land ziehen.

Die Witwe Birnstiel kehrt unbemerkt von der Öffentlichkeit in ihre Heimat nach Steinach zurück.

Die Diskussionen um die Härte der Strafen gegen Ernst und Richard Franke hören nicht auf. Schon während der Urteilsverkündung wurde im Gerichtssaal laut ‚Skandal!' gerufen. Man hat einen eigensinnigen Schuljungen namens Richard Franke erlebt. Von seinem Alter zur Tatzeit her ist er noch ein Kind. Mag sein, er kannte das 5. Gebot. Mag sein, er besaß die notwendige Reife und Kenntnis. Richard Franke ist aber ein Kind. Die öffentliche Meinung wirft dem Gericht unglaubliche Strenge und mangelndes Feingefühl vor. Auch die Justizbeamten und Rechtsgelehrten sind geteilter Meinung. Ja, Richard Franke hat dem Gericht erklärt, dass er den Forstmann mit seinem Schuss töten wollte. Er ist der Mörder. Er hat in Überlegung und mit Vorsatz gehandelt. Aber er ist noch ein Kind.

Am 16. Januar 1896 ergeht bereits der erste ‚Conferenzbeschluß' über Richard Franke. Gefängnisdirektor Siefert und der Anstaltsgeistliche Superintendent Strax legen eine Beurteilung über den Strafgefangenen ab. Richard Franke erhält eine glänzende Einschätzung seines Verhaltens in der Gefängnisanstalt. Es wird sogar eingeschätzt, dass im Wesen Richard Frankes das Verbrechen fremd sei und er den ihm zur Last gelegten Mord nur auf des Vaters Bestimmung begangen haben kann. Angst und

Furcht um seinen Vater hätten ihn dazu getrieben. Das sehen der Lehestener Bürgermeister Georg Weiß und der Gemeindevorstand Edmund Müller ebenso. Heimatstadt und Gefängnisanstalt sind sich einig.

Am 5. Februar 1899 bittet Richard Franke seine Hoheit um Begnadigung:

Hiermit das fünfte Jahr befinde ich mich hinter den Kerkermauern der Strafanstalt zu Ichtershausen, in welchen ich mit dem fünfzehnten Lebensjahre gebracht wurde. Noch immer liegen mehr denn sieben Jahre Strafzeit vor mir, so dass ich bei meiner Entlassung das sechsundzwanzigste Lebensjahr überschritten habe. Schwer würde ich dann ringen müssen, um mir eine Existent zu gründen, da mir alle Kenntnisse zu einem Erwerbe fehlen. Mit bitterem Schmerze erkenne ich die Größe meiner furchtbaren Tat. Nichts kann und will ich zu meiner Entschuldigung vorbringen. Von der Gemeinschaft aller besseren Menschen ausgeschlossen, würde es mir schwer werden, mich aus der Versunkenheit emporzuringen. Es ist daher zu meinem späteren Fortkommen notwendig, daß ich noch ein Handwerk erlerne. Demütigst werfe ich mich darum Eurer Hoheit zu Füßen, und flehe unterthänigst - mich gnädigst begnadigen zu wollen - da ich bereits neunzehn Jahre alt bin. In Erwartung gnädiger Erhörung meiner Bitte, zeichnet unterthänigst

Richard Franke. Ichtershausen 5. Februar 1899.

Die Antwort lässt nicht lange auf sich warten:

Seine Hoheit der Herzog, haben es vorläufig abgelehnt, den Richard Franke zu begnadigen. Die Akten sind mit einer Äußerung der Strafanstaltsdirektion und einem eigenen Gutachten Ende Februar 1901 erneut vorzulegen.

Meiningen 16. Februar 1899 das Herzogliche Ministerium, Abteilung der Justiz.

Das sind dann weitere zwei Jahre Haft bis dahin. Wenige Wochen später stellt Richard Franke im Mai 1899 einen Antrag auf einen kurzen Urlaub zum Besuch seiner schon länger erkrankten Mutter und seines gefährlich erkranken Bruders. ‚Namenloses Heimweh‘ hätte ihn von dieser Nachricht ergriffen. Doch sein Bitten bleibt wieder erfolglos.

Noch wollen die Frankes nicht aufgeben. Am 07. August 1899 stellt die Mutter Emilie Franke erneut einen Antrag auf Haftverschonung ihres ältesten Sohnes. Dieser Antrag bezweckt zumindest, dass seitens der Gefängnisanstalt Ichtershausen ein neuer ‚Conferenzbeschluß‘ ergeht. Gefängnisdirektor, Anstaltsgeistlicher, Lehrer und Vorarbeiter bescheinigen Richard Franke eine gute Führung. Er ist für die Nichteinhaltung der Gefängnisordnung nur fünf Mal bestraft worden. Das ist, angesichts der Haftdauer wenig. Er zeigt Fleiß in der Arbeitszelle, wo er in der Flickschneiderei und Wirkerei tätig ist. Doch das reicht nicht dazu aus, einen jungen Mann genügend auszubilden. Wenn er nicht ein Handwerk erlernt, wird er draußen nicht vorwärts kommen.

Auf keinen Fall sollte er aber nach Hause entlassen werden. Ein neues Zuhause wird ihm bestimmt besser tun, als sittliches Elend bei den Seinigen. Für den Militärdienst ist er nicht tauglich. Polizeiliche Beaufsichtigung und die Bestellung eines Pflegers, am besten den eines Geistlichen, der ihm einen Halt gibt, wird für notwendig erachtet. Schon Ende September wird für Richard Franke

Amtlicher Theil.

Gesucht wird für einen jetzt 20 Jahre alten, seit 6 Jahren detinierten Gefangenen, dessen Entlassung in Aussicht genommen ist, eine gute, strenge Lehre bei einem Handwerksmeister.

Der Betreffende war in der Anstalt mit Flickschneiderei, Knopfmachen und Maschinenwirkerei beschäftigt, ist intelligent, folgsam, fleißig und hat sich überhaupt in jeder Beziehung gut geführt.

Behörden und Private bitte ich, mir bei Ausmittelung einer geeigneten Stelle behülflich zu sein und etwaige Vorschläge über die Unterbringung mir baldgefälligst mittheilen zu wollen. K. 16/94.

Rudolstadt, den 24. September 1900.

Der Erste Staatsanwalt.

J. A.

[illegible]

öffentlich eine Lehrstelle gesucht. Aber das für den Wohnsitz der Mutter zuständige Amtsgericht in Lobenstein lehnt eine Vormundschaft über Richard Franke ab.

Dann gibt es Anfang 1901 einen neuen Versuch. Die Zeit, die der Herzog von Sachsen-Meinigen zur Prüfung einer vorzeitigen Haftentlassung vorgesehen hat, ist endlich abgelaufen. Seine Hoheit hat am 19. Februar 1901 in Meinigen die vorzeitige Entlassung Richard Frankes bewilligt. Zunächst wird Rudolf Prater, Schneidermeister in Wurzbach, als Pfleger vom Reußischen Amtsgericht Lobenstein eingesetzt. Rudolf Prater schließt am 31. März 1901 einen Lehrvertrag mit dem Schuhmachermeister Karl Hofmann in Lichtentanne.

Das Landgericht in Rudolstadt erhält bald ein Telegramm: *Der aus den Gefängnis-Anstalten zu Ichtershausen vorläufig entlassene Richard Franke ist am letzten Sonntage, den 28. April Nachmittag bei Herrn Schuhmacher Karl Hofmann eingetroffen. Gemeindewaisenrat zu Lichtentanne Pfarrer Heyner.*

Richard Franke ist sich seiner Schuld und der erwiesenen Gnade sehr bewusst. Schon zwei Jahre lernt er fleißig bei Karl Hofmann in Lichtentanne den Beruf eines Schuhmachers. Noch ein halbes Jahr Lehrzeit, und er kann zum Gesellen geschlagen werden. Das ist ein erstrebenswertes Ziel. Dafür hat sich die lange Zeit im Gefängnis und die Mühe aller doch gelohnt. Jäh wird dieses Bild zerstört.

Der Gemeindewaisenrat zu Lichtentanne Pfarrer Heyner erstattet am 17. Oktober 1903 unaufgefordert einen Führungsbericht des bedingt begnadigten Schuhmacherlehrlings Richard Franke. Pfarrer Heyner berichtet darin, dass Richard Franke ein fleißiger und aufmerksamer, wissbegieriger und lerneifriger Lehrjunge sei. Doch jetzt sieht der Pfarrer bei Richard große Schwierigkeiten. Es kam zu Tätlichkeiten zwischen ihm und dem Meister. Richard Franke hat einen schlechten Umgang mit der Jugend des Ortes. Er wurde aufgewiegelt, dass er nur des Meisters billige

Arbeitskraft sei. Doch Schuhmachermeister Hofmann versucht ihm ständig zu erklären, dass er nur tüchtig arbeiten muss. Karl Hofmann sieht sich allerlei Vorwürfen gegen seine Person ausgesetzt. Er bleibt aber dabei, dass, wenn der Meister ein schlimmes Schimpfwort gebrauchte, es ihm niemand verdenken kann. Doch nicht nur das Verhältnis des Lehrjungen zu seinem Meister ist gestört.

Pfarrer Heyner berichtet, dass Richard Franke in letzte Zeit verstärkt den Verkehr mit den Seinigen in Oßla suche. Seine törichte Mutter hat ihm eine Liebste in Wurzbach verschafft. Es ist ein liederliches Weib mit bereits einem Kinde. Dieses Verhalten wird von Pfarrer Heyner streng gerügt, und er ermahnt Richard Franke zur Einhaltung seiner Auflagen. So ist es seit der letzten Ermahnung vor zwei Wochen wieder besser geworden. Das Betragen ist wieder gut. Pfarrer Heyner findet, eine ernste gerichtliche Verwarnung wäre gut und nötig. Richard Franke ist nicht frei und nicht sein eigener Herr. Er braucht weder einen anderen Vormund noch einen anderen Meister. Diesem Vorschlag des Vormundes kommt das Gericht gern nach, und für den Rest der Lehrzeit ist das Verhältnis zwischen dem Lehrjungen und dem Meister wieder gut.

Doch kaum ist die Lehrzeit vergangen, ist Richard Franke verschwunden. Am 27. April 1904 hat er Schuhmachermeister Karl Hofmann in Lichtentanne verlassen. Pfarrer Heyner erfährt, dass er zu seiner Mutter nach Oßla gezogen sei und hinfort als Schieferarbeiter auf dem Bruch arbeiten würde. Dem muss man eiligst nachgehen. Richard Frankes Strafzeit endet erst am 12. November 1906. Er muss bis dahin die Bedingungen für seine Freilassung erfüllen. Das Gericht handelt. Es fragt bei dem Gemeindevorstand in Wurzbach. Dort sieht man aber keine Bedenken. Richard Franke habe sich in Lichtentanne bei dem Gemeindevorstand abgemeldet und in Wurzbach wieder angemeldet. Bei Meister Hofmann in Lichtentanne hätte er 3 Mark die Woche bekommen, und auf dem Schieferbruch verdiene er doch 12 Mark. Damit könne er seiner verarmten Familie helfen. Der Gemeindevorstand hat keinerlei Bedenken, da Auftreten und Führung Frankes im Ort lobenswert sind. Schon bald wird Richard Franke zum Militärdienst ausgehoben. Er ist jetzt dafür tauglich.

Am längsten muss Ernst Franke im Zuchthaus Untermaßfeld an der Werra zubringen. Da hilft auch kein Antrag an den Landesvater im August 1904, den die Frau Emilie Franke stellt. Im März 1906 wendet sich Ernst Franke selbst an den Herzog in Meiningen. Ohne Erfolg. Herzog Georg II. verfügt, dass ein Strafaufschub nicht vor 15 Jahren Zuchthausaufenthalt erfolgen kann. Dem hilft auch ein erneuter Antrag von Ernst Frankes Ehefrau im August 1908 nicht ab. Erst im September 1909 wird verfügt, dass ein Strafaufschub nicht vor dem 28. November erfolgen kann. Vor Weihnachten 1909 erhält Ernst Franke Strafaufschub und wird nach Hause entlassen. Ihm wird eine Begnadigung zum Ende des Jahres 1914 in Aussicht gestellt. In dieser Zeit darf er seinen Wohnsitz nicht ohne Genehmigung verlassen und steht unter Polizeiaufsicht. Sein Verhalten ist tadellos. Nach Maßgabe seines Alters und seiner Kräfte zeigt er sich als sehr williger und fleißiger Arbeiter. Er ist ein anständiger Mensch geworden. Mit Beginn des Jahres 1915 wird Ernst Franke begnadigt. Er gilt weiter als vorbestraft, aber das Urteil ist aufgehoben.

Begegnungen am Rennsteig

Es war der letzte Samstag im April 1990, der 28. An der gefallenen innerdeutschen Grenze wurden Wanderweg-Übergänge für den Rennsteig eröffnet. Damit war der Rennsteig nach 45 Jahren wieder in seiner vollen Länge von 168 km begehbar.

Der nördliche Rennsteigbeginn führte im ehemaligen DDR-Grenzgebiet von Hörschel an der Werra bis zum Vachaer Stein. Vom Süden her beginnt der Rennsteig in Blankenstein an der Saale. Er schlängelte sich nicht nur weit durch das Grenzgebeit, sondern kreuzte zwischen Spechtsbrunn und Grumbach mehrfach die Grenzanlagen zwischen West und Ost, die Bayern und Thüringen auf ewig trennen sollten.

Wer in der DDR-Zeit vom Bahnhof Ernstthal bis zum Wintersportdenkmal den Rennsteiglauf verfolgen wollte, machte sich schon verdächtig, das Grenzregime zu brechen.

Wir betraten an diesem 28. April eine neue, bis dahin unbekannte Rennsteigwelt zwischen Streckmetall, Signalanlagen und schwarz-rot-goldenen Hoheitszeichen.

Am südlichen Ortsende des damals noch eigenständigen Dorfes Brennersgrün liegt am Waldrand der kleine Friedhof des Ortes. Bei meiner nächsten, nun vollständigen Rennsteigwanderung fand ich dort das Grab des Forstwarts Eduard Birnstiel mit der Aufschrift ‚im Dienste erschossen‘. Damals war es meine erste Begegnung mit dieser ‚Wilderergeschichte‘. Ich hatte aber keine Ahnung, wer denn dieser Forstwart Birnstiel eigentlich war, wie er zu Tode gekommen ist, wer oder was dahinter steckt und was eigentlich geschehen ist. Das erfuhr ich viel später, zunächst aus Otto Busdorfs „Wilddieberei und Förstermorde“ und ganz genau aus zwei dicken Aktenheftern im Staatsarchiv auf der Heidecksburg in Rudolstadt. Oberflächlich betrachtet, war es eine ganz normale Wilderergeschichte. Ist sie aber nicht. Sie ist viel mehr.

Sie ist spannend, und sie ist doppelt tragisch. Ein Verbrechen beendete das Leben einer besonderen Persönlichkeit, Eduard Birnstiel. Und es beendete die Jugend eines unmündigen Kindes.

Ach ja, dieser Grabstein in Brennersgrün. Bei einer Teilbräumung des Brennersgrüner Friedhofes in den 80er Jahren wurde dieser Grabstein entfernt. Erich Vogt, der aus Brennersgrün stammt, stellte die Grabplatte sicher und funktionierte diese zu einer Platte für sein Gartentischchen in Wurzbach um. Harald Göbel vom Freundeskreis für Denkmalpflege Wurzbach-Heinrichshütte kannte Erich Vogt und erfuhr somit von der Grabplatte. Auf sein Bitten hin wurde die Grabplatte wieder zurückgegeben. So steht Birnstiels Grabstein heute wieder, wenn auch an einem anderen Platze.

Rennsteigrenner halten bis heute daran fest: *‚Rennsteigpilger, eile nicht an Brennersgrün vorbei, ohne ein frisches Waldreis auf das Grab eines Mannes niederzulegen, dem du so viel verdankst!‘*

(Prof. Johannes Bühring)

An diesem Brauch wird vom Rennsteigverein 1896 e.V. bis heute festgehalten. Auf jeder Runst* wird mit einem Wiesenblumen- oder Kräuterstrauß dem Rennsteigforscher Birnstiel gedacht. Auch ich suche, wie die richtigen ‚Rennsteigrenner‘ auf ihrer Runst, diesen Grabstein bei jedem Rennsteig-Durchgang erneut auf. Das sei Dir, Rennsteigwanderer, hiermit ans Herz gelegt. Und bei der Gelegenheit schaue Dir die Grabplatte genauer an, und Du findest in der Mitte das verspachtelte Loch, durch welches ehemals in Wurzbach die Tischplatte befestigt war.

Nach dem Ende meiner Archivrecherche stellt ich ein erstes Manuskript fertig. Damit marschierte ich zuerst nach Brennersgrün zu Frau Gudrun Daum. Sie zeigte mir den Ort und erklärte mir das Orts- und Personenregister von 1891. Von ihr erst erfuhr ich, wo der Webersbruch liegt, der heute ein Webersloch ist und von wo sich eine mächtige Halde gegen Lehesten hin streckt.

Webersloch, der Rest des Webersbruches

Am Ende meiner langen Recherche lernte ich Fleischermeister Hugo Munzer aus der Lehestener Neustadt kennen. Er ist schon einige Jahre im Ruhestand und kennt sich mit seiner Heimat und der regionalen Geschichte bestens aus. Er zeigte mir in Lehesten die Orte des Geschehens: Schingnitz‘ Gasthof, das städtische Krankenhaus, die Oberförsterei, den Bahnhof, das Geräumig, den Webersbruch und den ehemaligen Standort des alten Lehestener Rathauses. Das sieht heute nach rund 120 Jahren natürlich alles anders aus, und auch die Bestimmung mancher Gebäude hat sich wahrlich nicht immer zum Vorteil geändert.

Hugo Munzer kennt noch einige von den Alten. Es sind Lehestener Originale: der „Schnipp", der „gäle Krieß" und der „breitschuldrige Brennersgrüner". Zum Schluß will ich sie so, wie sie mir Hugo Munzer beschrieben hat, hier vorstellen:

Eduard Schönheit, genannt: „Schnipp". Er kam immer wie aus dem Ei gepellt und benahm sich nie daneben. Seine große Leidenschaft war die Jagd, für die er keine Berechtigung hatte. Das war den Förstern bekannt, beweisen konnte man es ihm aber nicht.

Fritz Krieß (im Bild ganz rechts als Jagdberechtigter im Kreise seines Jagdkollektivs) wurde wegen seiner auffallend gelben Haarfarbe der „gäle" genannt. Mit dem „Schnipp" ging er auf die verbotene Pirsch und konnte aber kein angeschossenes Wild angreifen.

Albert Probst wurde in Lehesten der „breitschultrige Brennersgrüner" genannt, weil er von da stammte. Er war kein Kind von Traurigkeit. Er soll 1927 in einer Wirtschaft in Lehsten eine Ziege vorgeführt haben, die in der Gaststube wohlbehaglich Schnupf-, Kau- und Rauchtabak verzehrte.

Fleischermeister Hugo Munzer hat eine Menge heimatgeschichtliches Material und hat sich auf der Tenne ein eigenes kleines Museum über sein Handwerk und sein Geschäft eingerichtet.

Erklärung zeitgenössischer oder ungeläufiger Wörter

Bussole *(Seite 8) - Ist eine heute nicht mehr gebräuchliche Bezeichnung für einen Präzisionskompass mit Peileinrichtung. Die Bezeichnung Bussole wurde auch für den Marschkompass verwendet.

Mareile *(Seite 11) - Die Tochter des Försters vom Waldhaus Weidmannsheil Maria Sauer wurde seit ihrer Kindheit Mareile gerufen. Die Rennsteigforscher und Gründer des Rennsteigvereins hatten die anmutige Mareile ins Herz geschlossen. Ihr zu Ehren wurden alle Markierungen mit weißen **R** ‚Mareile' genannt. Auch die Vereinszeitschrift. trägt seit der Gründung 1896 bis heute diesen Namen.

Kondukteur *(Seite 48) - früher geläufige Bezeichnung für den Schaffner, Zugbegleiter oder Kontrolleur bei der Eisenbahn;

Rekontre *(Seite 51) - Ist ein, bis Ende des 19. Jh. gebräuchliches, aus dem franz. *contre* (gegen) eingedeutschtes Wort für eine tätliche, auch gewalttätige oder gefährliche Auseinandersetzung;

Formalin *(Seite 58) - 4–8%ige Formaldehydlösung. Formalin stoppt die Fäulnis von medizinischen Gewebeproben und macht diese dauerhaft haltbar. Das war 1894 eine neuartige Methode.

Sprenkel *(Seite 79) - ein verbotenes Jagdgerät, kleine Bogenfalle; Eine Schlinge wird mittels einer gespannten Haselnussrute zugezogen. Die Beinchen kleiner Singvögel werden dabei gebrochen.

Renommage *(Seite 115) - ein Wort französichem Ursprungs; Prahlerei, oder auch Rauflust;

Runst *(Seite 127) - Bezeichnung für die traditionelle Rennsteigwanderung nach den Regeln des Rennsteigvereins 1896 e.V.; Begrüßung: „Gut Runst!",

Brennersgrüner **Schulgebäude**, im Jahr des Birnstielmordes am 16. Dezember 1894 eingeweiht, heute Gemeidehaus.

Quellen- und Bildnachweis

Stadt- und Kreisarchiv Arnstadt
Arnstädtisches Nachrichts- und Intelligenzblatt, 26. Mai 1894

J. Bühring
Des Rennsteigs steinerne Chronik, Zeitz 1929

Thüringisches Staatsarchiv Rudolstadt
Bestand Schwarzburgische Staatsanwaltschaft Rudolstadt, Akte Nr. 688 und 691
(Bilder Seite 4.US, 26, 58, 71, 81, 89, 119, 122)

Stadtarchiv Ilmenau
Die Henne, 25. Mai bis 6. Dezemer 1894

Rennsteigverein 1896 e.V.
(Bild Seite 14)

Rennsteigmuseum Neustadt/R.
(Bild Seite 19)

Aufnahmen und Sammlung des Autors
(Bilder Seite 1.US, 15, 40, 50, 74(2), 83, 99, 104, 108 (2), 110, 120, 127, 128, 127, 130, 131, 133 (2), 134)

Sammlung Hugo Munzer, Lehesten
(Bilder Seite 43, 54, 98, 129(3)

Sammlung Christiane Dora, Archiv Lehesten
(Bild Seite 62, 104)

Aus der Edition **WILDERERMUSEUM**

Bei der Schwarzen Brücke

Dokumentarische Erzählung über den Mord am Forstaufseher Albin Walther aus Möhrenbach durch den Wilderer August Lutz im Jahre 1909

(1. Auflage, erschienen 2009)

Schüsse am Rennsteig I
Die Schobseschlacht

Dokumentarische Erzählung über den Kampf der Förster mit den Schmiedefelder Wilderern am Rennsteig im Tal der Schobse im Jahre 1891

(1. Auflage, erschienen 2012)

Vertrieb: siehe Impressum auf Seite 4

Vorankündigung:

Aus der Edition **WILDERERMUSEUM**

Schüsse am Rennsteig III
China-Quent

Dokumentarische Erzählung über das jähe Ende eines Ruhlaer Wilderers im Jahre 1917 und der nicht zum Ende gebrachten Aufklärung des Falles

(ercheint 2013)